여자친구의
여
과 키스를 했다
I kissed My Girlfriend's Little Sister
amizore

부엌으로 시선을 향하니
냄비에 된장국을 끓이는
내 여동생의 모습이 있었다.

다음 날 아침,
익숙지 않은 냄새가
내 의식을 잠결에서
끌어올렸다.
된장국 냄새.
© Sabamizore

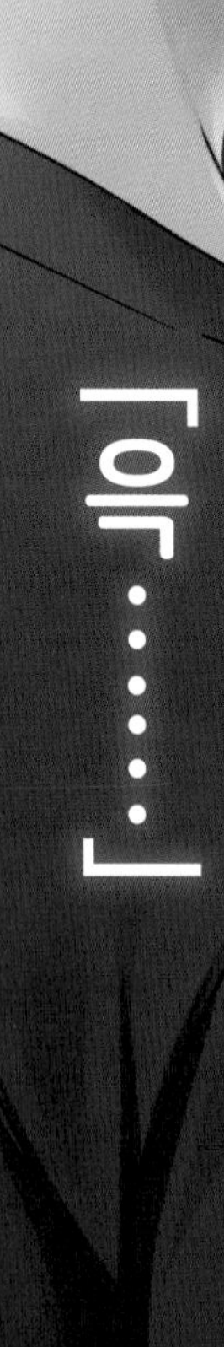

「윽……」
이건 위험하다……!
하고 있는 행동은 손을 씻는 것뿐인데,
엄청나게 야한 짓을 하고 있는
기분이 들기 시작했다!

「후후, 얼굴에서 여유가
사라지기 시작했네요.」

「좋아해……」

여자친구의 여동생과 키스를 했다

I Kissed My Girlfriend's Little Sister♥

Contents

제1화 첫사랑×프렐류드 003

제2화 당황함×콘택트 022

제3화 소악마×스트립 049

제4화 아침 인사×컨센서스 067

제5화 재회×시스터즈 081

제6화 애교 섞인 장난×도메스틱 108

제7화 갈팡질팡×애프터눈 126

제8화 뒤죽박죽×유니폼 144

제9화 러브러브×시그널 164

제10화 불의타×슈거 러브 194

제11화 사랑하는×바이어스 208

제12화 위험한×레슨 234

제13화 답답한×위크엔드 256

제14화 첫사랑×카타스트로피 289

presented by MISORA RIKU illust. SABAMIZORE

여자친구의 여동생과 키스를 했다

미소라 리쿠 지음
사바미조레 일러스트
주승현 옮김

여자친구 사귀고 싶다!

한창 나이대의 남자라면 다들 한 번쯤은 생각할 것이다.

나, 사토 히로미치도 중학교 2학년 때부터 매일 생각하고 있었다.

하지만 현실은 내 뜻대로 되지 않는 법.

외모, 중하.

운동능력, 중하.

뛰어난 재능, 딱히 없음.

학업 성적만은 나름 괜찮지만, 단순히 공부에 시간을 많이 투자하고 있을 뿐이고 머리 자체는 오히려 나쁜 편이다.

그래서 중학교 3학년 동안 결국 여자친구 없음.

아니, 그렇기는커녕 여자들이 연락사항 이외의 사적인 일로 나한테 말을 건 적이 있었던가? 하는 수준.

초등학교 무렵에는 이성 친구 같은 것도 있었는데 말이지.

5학년 정도부터 묘하게 여자와 접하는 게 창피해져

서 거리를 두게 되었고, 깨닫고 보니 이 모양이다.

이런 걸 '폭망'했다고 하는 거겠지.

그렇다, 나는 폭망하고 말았다. 폭망한 채로 중학교 생활을 끝내고 만 것이다.

회색으로 가득한 지난 3년 동안을 돌이켜 보니, 제아무리 나라도 초조해졌다.

이대로라면 여자친구 한 명 사귀지도 못한 채 학생 시절이 끝나고 마는 게 아닐까, 하고.

그건 싫다. 싫었다.

어어어어어어엄청, 여자친구 사귀고 싶다!!

딱히 지금 누가 좋다는 건 아니지만, 사귀고 싶다.

취향인 타입 같은 게 있는 것도 아니지만, 그래도 사귀고 싶다.

아니, 그렇다기보다.

나는 나를 좋아해 주는 애가 있다면 그 애를 세상에서 제일 좋아하게 될 자신이 있다!!

나는 나를 좋아해 주는 애가 좋다.

누구라도 그렇잖아?

그래서 나는 그런 신데렐라를 찾기 위해 고등학교 진학

을 계기로 이번에야말로, 하고 단단히 마음을 먹었다.

하지만, 주제에 맞지 않는 그 마음가짐은 첫 한 달도 채 이어지지 않았다.

우선은 인사부터라는 생각에 말을 걸어도, 뒤돌아보자마자 내게 향해지는 의심하는 듯한, 탐색하는 듯한, 요컨대 '뭐야, 얘. 누구야, 얘.' 같은 여자의 시선을 앞에 두고 다음 말을 이어 나갈 수가 없었다.

교우 관계가 넓은 친구에게 의지하여 그룹에 껴도, 3년 동안이나 제대로 접점을 가지지 않았던 여자라는 생물이 어떤 화제를 주식으로 삼는지 알지 못해 그저 맞장구만을 칠 뿐.

아무래도 여자와의 협조성이라는 스킬을 손에 넣으려면 여자와의 협조성이라는 스킬이 필요한 모양이다. Oh My God. 뭡니까, 이 똥겜은. 디버그 정도는 하란 말이다.

뭐――, 그런 느낌으로,

결국 내 고교 생활 1년째는 회색인 채로 지나가 버린 것이다.

"흥~ 흐흐흥~ 흐르르릉~~~~♪"

하지만 지금까지 한 이야기는 전부 과거의 일.

나는 지금, 콧노래를 흥얼거리며 고교 2학년 봄날의 통학로를 날아갈 듯한 발걸음으로 걷고 있다.

벚꽃도 지고, 여름을 목전에 앞둔 거리는 선명하게 색을 띠기 시작한 신록이 아침 이슬에 젖어 반짝이고 있다.

이런 멋진 세상을 회색이라고 생각했었다니, 지금으로서는 믿기지 않는다.

무슨 심경의 변화냐고? 그야 물론——

여자친구가 생겼으니까.

여자친구가 생겼으니까!

여자친구가, 생긴 겁니다!! 이! 나한테!!

중요한 것이기에 두 번 말할 생각이었는데 약간 폭주하고 말았다.

인생에서 처음인 일이라 들떠 있다고.

너그럽게 봐주었으면 한다.

물론 내가 누군가에게 고백한 건 아니다.

자랑은 아니지만 그런 용기는 없다.

고등학교 스타트 대시에 실패하고, 동성 친구들과 칠칠치 못하게 지내는 여느 때와 다를 바 없는 무미건조한 1년을 보내고 갓 진급했을 무렵, 여자한테서 고백받고 만 것이다.

상대는 같은 초등학교에서 다른 중학교로 갔다가, 고등학교에서 재회한 동갑 여자(그렇기는 해도 나는 특진과, 그녀는 보통과로 학과가 달랐기에 고백받기 전까지 나는 그녀의 존재를 알아차리지 못했지만).

어릴 적 방과후 학교에서 만났을 때 혼자 고립되어 있던 그 애한테 말을 건 것은 기억하고 있는데, 설마 초등학생 때 세운 플래그가 지금에 와서 회수될 줄이야.

이리하여 고백받은 순간, 내 인생의 4K 방송이 시작되었다.

아니, 색깔뿐만이 아니다.

한 달 전 그날부터, 세상의 모든 것이 일변했다.

지금까지 배기가스 냄새 정도밖에 느껴지지 않았던 통학로의 공기에서는 파릇파릇한 생명의 향기를 느끼게 되었고, 음울한 하루의 시작을 알리는 수업 시작종은 그녀와의 하루가 시작됨을 알리는 복음으로 변했다. 교내 식당의 우동도 그녀와 같이 먹으면 국물에 깊은 맛이 더해진 것처럼 느껴진다.

"그래서 말이야. 치어리더부의 리코 녀석이 사정사정하니까 방에 갔단 말이지."

"오오! 그래서, 어땠는데? 보나 마나 했지?"

"완전 꽉 조이더라. 역시 운동부는 좋다니까~."

지금까지라면 질투로 몸을 비틀 것만 같았던 같은 반 인싸들의 대화도 미소를 지으며 들을 수 있다.

응응. 알아. 연애는 좋지. 청춘의 묘미다. 피차 힘내자고, 형제.

그런 온화한 마음을 가질 수 있는 것이다.

"어라? 그래도 아이자와 너, 취주악부의 이이무라 나오랑 사귀고 있었잖아. 깨졌냐?"

"이이무라가 아니라 소가베 아니야?"

"아니, 어느 쪽하고도 딱히 안 사귀었어. 그 정도 여자한테 내가 진심이 될 리 없으니까."

"그래? 둘 다 비교적 얼굴 편차치 높지 않냐?"

"균형이라는 게 있지 않겠습니까? 이 나하고의. 이쪽은 매일 여자들한테서 LINE 메시지 날라와서 큰일인데, 두세 번 한 거 가지고 여친인 척 구는 여자 같은 건 노 생큐라 이겁니다."

전언 철회. 역시 죽어라, 네놈들은.

……뭐, 그런 느낌으로 가끔 짜증이 날 때도 있지만, 요

한 달간 내 고등학교 생활은 전에 없었을 정도로 즐겁고 반짝임으로 가득 차 있었다.

분명 그건 내가 많은 사물에 대해 긍정적인 시선을 지닐 수 있게 되었기 때문일 것이다.

이것도 저것도 전부 그녀 덕분이다.

자신을 긍정해 주는 그녀가 있으니까, 나도 다른 사람을 긍정하는 용기를 가질 수 있었다.

내게 그런 용기를 준 그녀를 지금부터 소개하고 싶다.

나는 지금, 방과 후의 도서실에서 그녀가 도착하는 것을 혼자서 기다리고 있다.

그녀는 나랑 달리 연극부 활동을 하고 있기에 같이 하교하려면 연극부 활동이 끝날 때까지 기다려야만 하는 것이다.

나는 도서실 입구를 이따금 살피며 숙제를 해치웠다.

그런 시간이 쭉 계속되어, 문득 신경이 쓰인 나는 스마트폰에 표시된 시각에 시선을 향했다.

시각은 18시 10분. ……10분?

약속 시각은 18시일 터다.

하지만 입구 문은 닫혀 있다.

그녀는 오지 않았다. 어째서.

혹시 지금까지 있었던 일 전부 인기 없는 남자의 꿈이었던 건———

"히~로미치 군."
"우와핫?!"

갑자기 목덜미에 얼어붙는 듯한 차가운 감촉이 전해졌다.
깜짝 놀라 뒤돌아보니, 거기에는 내가 애타게 기다리던 여자애가 캔 주스를 한 손에 들고선 천지난만한 미소를 띤 채 서 있었다.
이목구비가 또렷하게 드러난 단정한 미모.
어깻죽지까지 뻗은 살짝 젖은 머리카락.
나보다 약간 작은 키와 명백히 높은 위치에 있는 허리.
마치 여자애들이 즐겨 보는 패션지 표지에서 튀어나온 것만 같은, 그리 빈번하게는 볼 수 없는 수준의 미소녀.

이 애가 바로 내 여자친구, 사이카와 하루카다.

……다, 다행이다. 꿈이 아니었어.
인기 없는 증상이 악화되어서, 지금도 가끔 자신이 하루카 같은 미소녀한테 고백받다니 너무 형편 좋은 꿈 아닌

© Sabamizore

가 하고 종종 불안해지고 마는 것이다.

"아하하. 깜짝 놀랐어? 기다리게 해서 미안해. 연습이 생각보다 길어져서. 이거 사과의 의미를 담은 주스입니다. 받아 주시옵소서."

"아니, 괜찮아. 나도 방금 막 온 참이니까."

"……이 상황에서 방금 막 왔다는 건 좀 아니지."

하루카의 시선이 책상 위로 힐끔 향했다.

거기에는 당연히 내 노트나 교과서가 흩어져 있다.

으아~.

진짜 그러네. 이 상황에서 지금 막 왔다는 건 너무 무리가 있잖냐. 조금 생각하면 알 수 있는 건데.

어째서 일일이 멋진 척하는 거냐고, 나는.

창피하다. 뺨이 화악 뜨거워지는 것을 느꼈다.

하루카를 앞에 두면 긴장해서 머리도 몸도 도무지 제대로 움직이지 않는 것이다.

하지만,

"다정하네. 히로미치 군은."

하루카는 긴장하여 허둥대는 그런 나를 비웃지 않는다.

상냥하다. 좋다.

얼굴도 예쁘고 성격도 좋다.

이런 완벽한 미소녀한테 고백받다니 나는 전생에서 얼마나 덕을 쌓은 것일까.

전생의 나, 진짜 고맙다.

"그럼 갈까."

"그, 그래. 금방 정리할 테니까!"

"아. 딱히 서두르지 않아도 괜찮아~?"

"알고 있어."

그렇게 대답하며 나는 전속력으로 교과서나 필기도구를 가방에 처넣었다.

하루카가 옆에 있는데, 이딴 교과서들에 사로잡혀 있을 시간은 없다.

게다가, ――오늘은 이 뒤에 하루카와의 중요한 약속이 있으니까.

자습실에서 같이 나온 우리는 저녁놀이 깔린 복도를 나란히 걸었다.

우리 둘의 대화는 그날 학교에서 있었던 일이나 어제 봤던 TV프로그램 이야기.

내가 좋아하는 만화를 추천하는 세일즈 토크나, 그걸 빌려 읽은 하루카와의 감상회.

최근에는 우리 말고도 다른 남자 둘을 끼워 넷이서 팀을 짠 『스플래툰2』 화제 등 여러 가지다.

이것뿐이라면 동성 친구랑 그다지 다를 바가 없지만, 물론 연인답게 주말 전에는 데이트 계획 상담 같은 것도 한다.

참고로 오늘의 화제는 하루카의 방 이야기였다.

"그래서 있지, 요새 부장이나 선생님한테 자주 칭찬받아."

"뭐라고 칭찬받는데?"

"연기에 깊이가 나오기 시작했대. 평범한 무에서 맛이 잘 배어든 무가 되기 시작했다는 거 있지."

"……그건 칭찬받고 있는 거야?"

"아하하. 설익은 것보다는 좋잖아~."

"과연. 확실히 그건 그렇네."

하루카는 연극부에 소속되어 있다. 듣자니 이혼한 어머니가 배우였다는 모양이라(잘 나가지는 않았던 것 같지만) 그 영향을 받았다고 한다.

본인이 말하길, 잘하지는 못해도 좋아한다던가.

하지만 견학할 때 봤던, 땀으로 흠뻑 젖은 머리카락이

뺨에 들러붙은 채, 불을 뿜을 것만 같이 반짝이는 눈동자로 연습에 임하는 하루카의 모습에서는 잘하고 못하고는 제쳐두고서라도 그녀의 열정이 '단순히 좋아하는' 정도의 것이 아님은 분명하게 엿볼 수 있었다.

그래서 나는 하루카한테서 부 활동 이야기를 듣는 걸 좋아했다.

무언가에 열심인 사람은 눈부시게 보인다.

그것이 귀여운 연인이라면 더더욱.

나는 하루카의 이야기라면 언제까지고 들어줄 수 있고, 하루카와 함께라면 언제까지고 계속 이야기할 수 있다. 그녀와 공유하고 싶은 것이 너무 많아, 어느 때건 이야기보다 시간 쪽이 먼저 다 가 버리고 만다.

하지만, ――오늘은 달랐다.

교문이 가까워짐에 따라 우리 둘의 말수는 자연히 적어져 갔다.

그리고 교문을 눈앞에 두고 우리는 침묵한 채, ……걸음을 멈췄다.

――어제 나눴던 특별한 약속.

교문이 그 경계선이기 때문이다.

하루카를 힐끔 엿봤더니 눈이 마주쳤다.

하지만 시선은 얽히지 않고 풀린다.

하루카가 부끄러운 듯이 시선을 돌렸기 때문이다.

그러나 그 대신, 하루카 옆에 서 있는 내게 그녀의 오른손이 조심스럽게 내밀어졌다.

그렇다.

우리는 사귀기 시작하고 약 한 달이 됐다.

서로 조금 더 힘내서 거리를 좁히자고 이야기를 나눴고,

——오늘이라는 날을 처음 손을 맞잡는 날로 정한 것이다!

어느 한쪽이 일방적으로 강요한 게 아니라, 둘이서 결정한 것.

그래서 나는 하루카의 새하얗고 아름다운 손을, 손을, 손을…… 용기를 쥐어짜 내서, 잡는다!

후오오오……!

손가락에 얽히는 감촉에 심장이 뛰었다.

이, 이게 여자의 손인가.

남자보다 훨씬 가늘고 부드럽다. 무엇보다, 매끄럽다.

그 감촉 차이에 심장이 벌렁벌렁거렸다.

하루카는 어떻게 느끼고 있을까.

힐끔 살펴봤더니 하루카도 살짝 뺨을 붉히고 있었다.

"에헤헤……, 역시 조금 쑥스럽, 네."

"그, 그래? (고음)."

그런가. 하루카는 조금 쑥스러운 건가. 조금인가.

당연하지만 내 쪽은 조금 정도가 아니다.

목에서 수수께끼의 고음이 튀어나올 만큼 긴장하고 있다.

처음에는 같이 있는 것만으로도 딱딱하게 굳어 긴장했던 나의 치킨 하트도 요 한 달 동안 역시나 단련되어, 평범한 대화라면 걸꾸리지 않고 자연스럽게 할 수 있게 되었지만, 이성을 의식한 이런 대화가 되면 엉망진창으로 변한다.

인싸들은 마치 당연한 듯이 연인조차 아닌 여자와 어깨동무를 하거나 껴안기도 하는데, 그건 어떤 신경을 하고 있으면 가능하게 되는 것일까. 우주인이라고밖에 생각되지 않는다.

"미안해. 손을 잡는 것만으로도 한 달이나 걸리다니, 이상하지. 하지만 나, 남자애랑 이런 관계가 되는 거 처음이니까. 긴장해 버려서……."

하루카가 미안한 듯이 얼굴을 흐리고는 슬픈 표정을 지었다.

아무래도 말수가 줄어든 내가 기분이 언짢은 것처럼 보

였던 모양이다.

아니야! 너무 긴장해서 무슨 말을 해야 좋을지 알 수 없었던 것뿐이라고!

물론 나는 황급히 그녀의 오해를 풀었다.

"아니, 그건 나도 마찬가지라고 해야 하나, 오히려 이 정도 페이스가 아니면 버겁다고 할지. 게다가 손을 잡는데 한 달이나 걸렸다고 하지만, 겨우 한 달이라고? 나는 엄청나게 순조롭다고 생각해! 그 뭐냐, 한 달로 손을 잡을 수 있다면 평생으로는 얼마나 더 사이좋아질 수 있겠냐는 얘기가 되잖아!"

"~~~~!!"

그 순간, 그렇지 않아도 붉었던 하루카의 뺨이 불이 붙은 것처럼 새빨개졌다.

맞잡은 손에서 전해지는 체온도 확 올라간 듯한 느낌이 든다.

혹시…… 나 지금 엄청 기분 나쁜 말 했나? 한 거야?!

아, 했다! '평생'이라고 했다고!

우와, 미쳤지! 아직 고등학생 주제에 무슨 성급한 말을 하고 있는 거야, 나는?!

"자, 잠깐, 그게 아니고! 아니, 아닌 건 아니지만! 아니지만, 너무 좀 앞질러 갔어! 물론 내 마음으로서는, 이라는 것뿐이고 지금 했던 평생이라는 말은 딱히 깊은 의미로 한 게 아니라! 그랬다면 좋겠네── 라고 내가 멋대로 생각하는 것뿐이라고 할지……!"

아── 글렀다. 망했어.

무슨 말을 해도 기분 나쁜 걸 기분 나쁜 걸로 덧칠하고 있을 뿐이잖아, 이거.

어떻게 수습하면 좋냐, 이거.

이래서는 쓸데없이 진지한 자의식 과잉인 녀석이라며 하루카가 나한테 질색하고 말 거다.

나는 그런 생각에 초조해하고 있었는데,

"아니야. 기뻐."

하루카는 맞잡은 손을 한층 더 강하게 쥐고는, 내 왼팔에 몸을 붙이고 미소 지어 주었다.

주변 친구들에게 보여주는 천진난만한 미소가 아닌.

연인인 내게만 보여주는 특별한 미소로.

"요새 연기가 좋아졌다고 칭찬받았다는 이야기, 했잖아? 그건 역시 히로미치 군 덕분이라고 생각해."

"어?"

"왜냐면 히로미치 군과 사귀기 시작하고 나서부터 하루하루가 무척 즐거운걸. 세상이 지금까지와는 비교가 되지 않을 정도로 반짝반짝하고, 마음속에서 지금까지 몰랐던 따뜻한 감정이 넘쳐 나와. 지금까지의 나 자신에게는 없었던 힘이 솟아나는 거 있지.

……난 몰랐어.

이 넓은 세상에 나를 굳게 생각해 주는 사람이 있다는 게 이렇게나 기쁘고, 믿음직한 일이었다는 걸.

……그러니까, 고마워. 히로미치 군. 나를 좋아해 줘서. 나도 히로미치 군을, 정말 좋아해!"

"크윽~~~~……."

……틀림없다.

나는 하루카와 만나기 위해 이 세상에 태어난 것이다.

나라는 인간을 이렇게나 올곧게 받아들여 주는 여자애가 달리 있을 턱이 없다.

나라는 인간과 같은 것을 이렇게나 존중해 주는 여자애가, 하루카 말고 있을 리가 없다.

더는 하루카밖에 생각할 수 없다.

그날, 하루카는 역에서 헤어질 때까지 줄곧 내 옆에 붙어 있어 줬다.

서로 긴장해서 제대로 이야기도 할 수 없었지만. 나와 같은 정도로 크게 고동치고 있는 하루카의 심장 소리가 밀착한 부분을 타고 전해져 왔지만. 그렇더라도, 찰싹 붙어서.

시간으로 치면 15분 정도.

그 15분은 틀림없이, 사토 히로미치 17년간의 인생 중에서 최고의 시간이었다.

그리고, 아아, ……바로 이 뒤였다.

하루카 말고는 생각할 수 없다는 방금 막 느낀 확신.

앞으로도 이어져 갈 거라고 믿고 있던 하루카와의 청춘의 청사진.

그런 모든 것들을 뒤엎어 버리는 녀석과 만난 것은.

제 2 화 당황함X콘택트

학교에서 가장 가까운 역으로부터 세 정거장 떨어진 쇠락한 베드타운.

헤이세이 시기*를 그냥 지나쳐 온 듯한 레트로한 마을 한구석.

오래된 2층 목조 맨션의 한 방이 사토 가(家)의 성이다.

맨션 부지에 들어가자, 2층…… 사토 가의 방에서 전화 착신음이 새어 나오고 있었고, 옆집에 사는 풍채 좋은 아줌마가 이쪽을 노려보고 있었다.

나는 삭아서 구멍투성이가 된 철골 계단을 황급히 뛰어 올라갔다.

2층에 도착한 내게 옆집 아줌마는 얼굴을 찌푸리며 "벌써 10분은 계속 울리고 있었어."라며 쏘아붙였다. 실화냐. 어디 사는 누구지. 그런 열렬한 러브콜을 거는 녀석은.

나는 아줌마에게 머리를 숙이며 집으로 뛰어 들어갔다.

그리고 복도에 놓인 전화 수화기를 잡아 뽑다시피

---

* 1989년~2019년.

들어서는, 불쾌함을 감추지 않은 어조로 누구인지 물었다.

"예, 예, 여보세요, 누구시죠?!"
『오, 겨우 받았군! 나다! 네 자랑스러운 아버지!』
"당신입니까, 이 망할 아버지!"

열렬 러브콜의 주인은 내 아버지 사토 나오유키였다.
그 사실에, 내 말투에 섞인 짜증은 한층 진해졌다.

"저기, 이 집 방음에 구멍이 숭숭 난 건 아버지도 알잖아. 안 받으면 시간 두고 나중에 다시 걸라고. 이웃에 민폐잖아!"
『핫핫하! 미안, 미안하다. 갑자기 네 목소리가 꼭~ 좀 듣고 싶어져서 말이다!』
"무슨 기분 나쁜 소리를 하는 거야."
『기분 나쁘다니, 그건 아니지. 사랑하는 단 한 명의 소중한 아들을 걱정하는 건 부모로서 당연하잖냐. 그래, 잘 지내고 있었냐? 학교는 즐겁고?』

아, 위험하다.
이건 그거다.

어린애가 불리한 보고를 부모에게 감출 때랑 똑같은 거다.

내 경험이 그렇게 알리고 있다.

이 아저씨, 마흔도 반이 지났는데 어린애 같은 면이 있다.

분명 아직도 공룡 같은 걸 쫓아다니고 있기 때문이리라.

여하튼 이런 전화는 얼른 끊어버리는 게 최고다.

"오—— 잘 지내고 즐거워. 최고. 그럼 이제 용건은 끝났지. 이만 끊을게~."

"잠깐잠깐잠깐! 잠깐 기다려 봐! 끊지 말고! 끊어도 또 걸 거다! 받을 때까지 걸 거니까 말이다! 네 목소리를 듣고 싶었던 거기도 하지만, 실은 오늘은 너한테 중요한 이야기가 있다고!』

칫. 교활한 짓을.

또 옆집 아줌마가 노려보는 건 사절이다.

전화선을 뽑아 버릴까 하고도 생각했지만, 아무리 그래도 그렇게까지 하는 건 지나친 짓이리라.

……어쩔 수 없구만.

"그럴 거라고 생각했어. 그래서, 뭔데?"

『아니~…… 그게 말이다…… 응.』

"뭐냐고. 그렇게 말하기 힘든 거야?"

『말하기 힘든 건 아닌데, 새삼 말하려니 조금 쑥스럽다고 해야 하나——. 부끄럽다고 할지——.』

"기분 나쁘다고. 중년 남자가 부끄러워하는 목소리 따위 듣고 싶지 않아. 얼른 말해. 보나 마나 또 발굴하는 데 할머니 계좌의 돈을 다 써 버렸으니까 대신 사과하고 와 달라든가, 그런 변변찮은 거잖아."

『실은 아버지 재혼했다.』

"그것 보라지. 보나 마나 그런 거일 거라고 생각했——
—— 어어어어어어어어?!"

너무나도 충격적인 말에 목에서 절규가 튀어나왔다.

곧바로 옆집과 이 방을 가로막는 얇은 벽을 건너편에서 있는 힘껏 두들기는 소리가 들렸다.

나는 옆집에서 보내는 항의에 큰 목소리로 사과하고 난 뒤, 다시 수화기 너머의 아버지에게 확인했다.

"재재재, 재혼?! 재혼이라니, 그 재혼 말이야?! 언제?! 아니, 그보다 상대가 있었어? 난 아무 얘기도 못 들었는데!"

『아아. 이번 발굴지에서 알게 된 여성이야.』

"후쿠오카였나. 아직 그쪽에 간 지 2개월 정도잖아?!"

『고등학생인 넌 아직 잘 모르겠지만, 사랑의 불꽃은 때로는 갑작스럽게 불타오르는 법이라고.』

진짜냐. 불타오르면 고작 두 달 만에 결혼까지 가 버리는 건가.

믿을 수가 없다. 아니, 그보다 무섭다고. 두 달 정도로 상대의 뭘 알 수 있다는 거야.

그걸 알 수 있는 게 어른, 이라는 건가.

"그럼 그걸 보고하기 위해서 전화한 거구나. 딱히 아버지 인생이니까, 아버지가 선택한 사람이라면 난 누구라도 상관없지만."

『아아, 그렇게 말해 주니 기쁘구나. ……다만 물론 보고도 있지만 말이다, 너한테 오늘 전화해 두고 싶었던 이유는 그것뿐만이 아니다.』

"무슨 소리야?"

『말해 두고 싶은 건 츠키코 씨── 재혼 상대의 자식 이야기다.』

"자식이라니, 애가 있는 사람이었어?!"

『내 나이대 사람이면 딱히 별난 일도 아니잖냐. 아버지한테도 네가 있으니까 말이지.』

"뭐, 뭐어, 그건 그런가. 그럼 나한테 형제가 생긴다는 거군."

『그런 거다. 그래서, 그 애, 너랑 같은 고등학교 2학년 여자애고, 의붓여동생…… 의붓누나? 아니, 너가 4월생이니까 의붓여동생인가. 의붓여동생이 될 시구레 쨩 말이다. ――오늘부터 그 집에서 살 거니까.』

"잠깐 기다려――――――――――엇?!?!"

다시 벽이 충격으로 쾅 흔들렸다.

또 한 번 사과하는 나.

하지만 너무 혼란스러웠던 까닭에 마음은 담겨 있지 않았다.

『히로미치, 목소리가 일일이 시끄럽다. 이웃에 민폐가 되잖냐.』

"지금 이 세상에서 가장 민폐를 입고 있는 건 나라고! 뭐?! 어느새 재혼해서는, 게다가 그 상대한테 있는 자식이 나랑 동갑인 여자애고, 오늘부터 이 집에 살아?! 아니, 무리무리! 애초에 이 맨션에 살 거라고 하지만, 방이 없잖아, 방이!"

이 맨션은 1DK다.

오래된 목조 맨션치고는 방이 많지만, 그래도 양쪽 다

작다.

내 침실 겸 다이닝키친과, 맹장지로 칸막이 된 아버지 방이라는 이름의 창고.

이미 둘 다 꽉 차 있다.

도저히 새로운 사람을 받아들일 공간 따위 없다.

『그거라면 아버지 방을 정리해서 쓰도록 해라. 거기에 있는 건 네 어머니의 유품 말고는 전부 버려도 상관없으니까.』

"버려도 너무 좁다니까. 모녀 둘이서 다다미 6장 넓이 방이라니. 여자라면 짐도 많을 테고."

『응? 아아, 너 착각하고 있구나. 그 집에 오늘부터 사는 건 네 의붓여동생이 될 시구레 쨩 혼자야. 츠키코 씨는 나랑 같이 이제부터 미국으로 갈 거다.』

하? 어? 하아아아?!

『이야~, 원래라면 츠키코 씨랑 시구레 쨩을 둘 다 데리고 그쪽으로 돌아갈 생각이었는데, 대학 시절에 신세를 졌던 교수님한테서 꼭 좀 와달라는 말을 들어서 말이다. 미국에서 발굴을 돕게 됐어. 이제 곧 비행기 시간이니까, 네가 전화를 받아 주지 않으면 어쩌나 하고 생각했다고.

시구레 쨩은 이미 그쪽으로 가고 있을 거니까. 서로 엇갈리지 않아서 다행이구나. 하하하.』

"잠시만! 전혀 다행이지 않아! 진짜로 머리가 패닉 상태인데! 어? 동갑 여자애랑 둘이서, 둘이서만 같이 산다는 거야?! 이 집에서?! 말도 안 돼, 말도 안 된다고!"

우왓, 수화기가 기분 나쁘다 싶었더니 손에 땀 장난 아니야!

『뭘 그렇게 동요하고 있냐, 동정도 아니고.』

"동정입니다! 당신의 아드님은 아직 파릇파릇한 동정이라고요! 네 아들이라고, 과대평가하지 말란 말이다, 브아—보!"

『어, 어어. 그, 그러냐. 아, 그 뭐냐. 상대는 여동생이니까 편하게 대하면 되겠지.』

"얼굴도 본 적 없는 처음 만나는 여동생 같은 건 완전, 완벽하게 타인이라고! 아니, 진짜 진심 말도 안 되는데. 무리입니다. 좀 봐주세요. 지금부터라도 당장 원래 집으로 돌아가도록 그 애한테 말해줘."

『아, 이런. 탑승 알림 왔다. 그럼 아버지는 갔다 오마! 그쪽에 돌아가는 건 1년 후 정도가 될 테니까, 그때까지 시구레 쨩이랑 사이좋게 지내라! 사랑한다!』

"잠시만! 아니, 아직 이야기는 덜 끝났——"

『덜컥! 뚜—, 뚜—, 뚜—…….』

"이, 이, 이…… 이 망할 아버지——————!!!!!"

소리치고는, 수화기를 내동댕이치다시피 되돌렸다.

물론 옆집에서는 항의의 벽꽝이 최고 출력으로 돌아왔지만, 이미 그런 걸 신경 쓸 겨를이 아니다.

내 머리는 두개골 안에서 뇌가 빙글빙글 돌고 있는 것 아닐까 싶을 정도로 대혼란이다.

도저히 서 있을 수가 없어 그 자리에 주저앉았다.

……아니, 진짜 장난 아닌데. 이건 큰일이라고.

아무리 호적상으로 여동생이 되었다고는 해도, 같은 나이 여자랑 갑자기 동거라니.

게다가 어른은 1년이나 돌아오지 않는다는 말을 꺼내는 상황.

예전부터 어쩌면 하고 생각했지만, 머리 이상한 거 아니냐고 그 아저씨.

윤리관이라는 게 없는 건가.

거기다 어제 전화 주고 오늘 온다는 것도 아니고, 오늘 전화 주고 오늘 곧바로라고……?!

……나는 그저 아버지가 재혼한 것 자체는 기쁘다.

이러니저러니 해도 어머니가 돌아가시고 나서 줄곧 나를 혼자서 키워 주셨다.

그런 아버지가 새로운 파트너를 찾았다고 하니, 축복도 해주고 싶다.

그렇지만――,

"엉망진창이잖아……."

뭐야, 이거. 좀 더 기분 좋게 축복할 수 있게 해달라고. 망할 아버지.

한숨이 나온다.

마치 질 나쁜 농담이다.

무엇보다 질이 나쁜 것은, 이 농담이 현재진행형으로 계속되고 있다는 것이다.

지금 이러고 있는 동안에도 얼굴도 본 적 없는 내 여동생이 이 집에 다가오고 있는 모양이다.

그렇다고 한다면, 언제까지고 주저앉아 있을 수도 없다.

"어쨌든 그 시구레라는 애가 오기 전에 방을 정리해야겠군."

아버지의 방도 그렇지만, 내 보금자리가 되어 있는 거실도 어떻게든 하지 않으면.

이불은 만년 방바닥과 일체화되어 있고, 옷은 아무렇게나 벗어둔 채 널브러져 있고, 타케시한테서 빌린 야한 만화책도 그대로 내놓은 채다.

이런 마굴에 여자를 맞아들일 수는 없는 노릇이다.

그건 분명 법에 저촉되는 행위다.

그러니까, 하고 내가 허리를 들어 올리려 한── 그때였다.

손님이 왔음을 알리는 벨이 울린 것은.

"……!"

버, 벌써 온 건가.

아직 야한 책조차 정리하지 못했는데!

아니, 어쩌면 조금 전에 시끄럽게 했으니까 옆집 아줌마가 들이닥친 것일지도.

혹은 NHK라든가 신문 권유일지도 모른다.

어, 어쨌든 확인해보자.

상대에 따라서 대응을 결정하자.

그렇게 생각하여 나는 문구멍을 들여다보고,

"——————————……어?"

말을 잃었다.

지금, 이 순간까지 작은 용적의 뇌에 가득 차 있던 이제부터 할 일, 해야만 하는 일, 생각해야 하는 것, 그것들 전부가 날아가 버려 사고가 새하얘졌다.

중력이 없어진 것처럼 땅에 발이 닿지 않게 된다.

문 너머의 광경은 찰나 동안에 내 사고와 정서 전부를 얼어붙게 만들었다.

그도 그럴 것이, 어쩔 수가 없지 않은가.

문 너머에 있던 것은,

조금 전에 역에서 헤어진 내 연인—— 사이카와 하루카였으니까.

어, 어째서?

어째서 하루카가 우리 집 앞에 있는 거지?

게다가 하필이면 지금 이 타이밍에.

하루카한테는 아직 우리 집을 알려주지 않았다.

가장 가까운 역은 알려줬지만, 데려온 적이 없으니까 모를 터다.

내 뒤를 쫓아왔다? 아니, 먼저 전철에 탄 건 하루카다. 그건 아니다.

그럼, 어째서 지금 하루카가 여기에 있는 거지……?

생각하고 있었더니, 작은 문구멍 속으로 보이는 하루카가 난처한 듯이 안절부절못하기 시작했다.

스마트폰과 주위를 번갈아 가며 두리번두리번 둘러보고, 표찰을 손가락으로 가리키며 확인하는 듯한 행동을 취하거나, 침착성 없이 움직이며 돌아다녔다.

그 표정에서는 평소의 활발함이 사라져, 어쩐지 불안해 보였다.

그것이 나를 냉정하게 만들어 주었다.

——안 되지.

연인한테 저런 표정을 짓게 만들고, 나는 뭘 하고 있는 거냐.

어째서 하루카가 집에 온 것인가. 그런 건 본인에게 물으면 되는 것이지 않은가.

여하튼 곧바로 나가 봐야 한다.

나는 집에 돌아왔을 때 손만을 뒤로 돌려 잠갔던 잠금장치를 풀고,

"미, 미안. 금방 열 테니까!

사과하면서 문을 열었다.

열었는데,

거기서 나는 하루카를 앞에 두고, 또 한 번 말을 잃었다.

“앗! 집에 계셨군요. 다행이다~. 혹시 방을 착각한 것 아닐까 싶어서, 초조해하고 말았어요.”

“…….”

아니다.

문구멍 너머로는 알 수 없었지만, 맨눈으로 보니 알 수 있었다.

눈앞에서 안도의 미소를 띠는 이 애는, 하루카가 아니다.

헤어스타일도, 이목구비도, 높은 위치에 있는 허리도, 모든 것이 판박이다. 판박이지만――

나를 보는 눈이 다르다.

하루카가 나를 볼 때의 눈은 좀 더 반짝이고 있다.

그것 하나만으로 그녀가 하루카와는 다른 사람임을 나는 알 수 있었다.

그걸 알게 되니, 너무 혼란스러웠던 나머지 보이지 않았던 여러 가지 것들이 보이기 시작했다.

잘 보니 복장도 하루카와는 전혀 다르다.

밝은색 카디건 밑으로 보이는 것은 우리가 다니는 세이

운 고교의 블레이저 교복이 아니라, 세일러복이다.

신고 있는 신발도 평소의 스니커즈가 아니라 로퍼.

게다가 뒤에 있는 커다란 여행 가방과 한 손으로 쥐고 있는 슈퍼마켓 봉투.

이건……,

아니, 이 상황은 머리가 나쁜 나라도 가능성이 이미 하나밖에 없다는 건 안다.

"저기, 왜 그러시나요? 제 얼굴에 뭔가 붙어 있나요?"

"……혹시, 네가…… 시구레 양?"

"네! 처음 뵙겠습니다. 저는 오오에야마 시구레. 아, 지금은 이미 사토 시구레네요.

사토 츠키코의 딸로 오늘부터는 오빠의 여동생이에요.

잘 부탁드립니다. 오빠~."

그렇다.

내 의붓여동생은 하필이면 내 연인과 쏙 빼닮은 판박이였던 것이다.

* * *

갑작스러운 아버지의 재혼.

의붓여동생과 둘만의 동거 생활.
아버지의 전화로 초래된 격동에 나는 엄청나게 휘둘리고 몸부림치게 되었지만, 아아, 그런 건 전부 악마의 여운에 지나지 않았던 것이다.
최후의 최후에 튀어나온 경악할 현실.

그 의붓여동생이, ……연인과 똑같이 생겼다는 현실에 비하면.

그건…… 안 되잖아.
아무리 그래도 이건 아니다. 안 된다. 절대로 안 돼. 안 됩니다.
하루카라는 연인이 있으면서, 하루카와 판박이인 여자애랑 동거하다니.
이건 너무하다.
정체 모를 누군가의 악의를 느낀다.
나는 이 현실과 대체 어떻게 마주 보면 좋은 거지……?!

"저기, 제가 오늘 온다는 이야기는 들으셨, 지요?"

거듭된 충격에 인제 슬슬 정서가 마모되어 멍하게 서 있었더니, 하루카와 쏙 빼닮은 그녀가 불안한 듯이 말을 건

넸다.

“아, 아아. 응. 듣고 있어, 들었어. ……조금 전에.”
“조금 전?! 그건 또 갑작스러운 이야기네요. 하지만 전해졌다면 다행이에요. 저기~, 오빠 이름도 물어봐도 될까요? 어머니한테서 들었는데도 잊어버려서요.”
“그, 저기, ……사토 히로미치, 입니다.”
“히로미치, 군?”
“윽. 그 호칭은 그만둬 주면…… 좋겠어.”
하루카와 똑같은 호칭은…… 너무 위험하다.
내가 주문을 덧붙이자 그녀는 의아하다는 듯한 표정을 지으면서 “그럼 오빠로. 저도 이쪽이 더 부르기 편하고요.”라며 받아들여 주었다.

“그러면 서로 인사도 끝났으니, 슬슬 집에 들어가게 해 주세요.”
“아, 아니, 잠깐만.”
“네? 어째서인가요?”

위험하다.
하루카라고 생각해서 문을 열고 말았지만, 방 안은 아직 정리되지 않았다.

지금 들여보낼 수는 없는 노릇이다.

그래서 나는 순간적으로 현관 앞에서 양팔을 벌려 가로막고 섰다.

"조금 전에도 말했지만, 연락을 받은 게 정말로 직전이라 집안이 어질러져 있어. 여기서 조금 기다려 줄 수 있을까?"

"아아, 뭐야, 그런 건가요. 신경 쓰지 말아 주세요. 여하간 저희는 오늘부터 같이 살게 될 남매니까요. 정리 정돈이라면 저도 도울게요. 실례하겠습니다~."

"앗, 자── 잠깐 기다려!"

그녀는 앞을 가로막고 선 나를 살짝 밀어젖히고는 집으로 들어왔다.

처음 본 여자를 손으로 건드려 도로 밀어낸다니, 겁쟁이인 내가 그런 짓을 할 수 있을 리가 없기에 이 침입을 막을 수단은 없었다.

물론 그녀의 가냘픈 어깨를 붙잡아 끌어당기는 건 더욱더 무리다.

내가 할 수 있는 건 이제 최소한 그녀가 발견하기 전에 야한 잡지만이라도 인멸하는 것.

그래서 황급히 뒤쫓았지만, 이미 늦었다. 1m 정도밖에 안 되는 우리 집 복도에서는 애당초 초동이 늦은 시점에서 앞지르는 건 불가능했다.

거실에 들어간 그녀는 내가 읽고 내버려 둔 탓에 펴진 채 놓여 있는 야한 잡지를 내려다보고 있었고——,

"……훗."

끄아아——.

웃었다! 지금 분명 웃었어! 코로! 마치 하등한 생물을 깔보는 것처럼!

아아아아아아악~~~~……………… 나는 조개가 되고 싶다.

"아, 죄송해요. 저, 어머니랑 둘이서 여자끼리만 살았어서 이런 걸 완전히 까먹고 있었어요. 그러네요. 여긴 남자가 사는 집이니까, 여자한테 보이고 싶지 않은 것도 있겠죠. 이건 제 부주의였어요. 죄송합니다. 쓸데없는 창피를 당하게 해 버려서."

"……이해해 주셔서, 감사합니다. 응."

그 상냥함이 뼈아프다.

"음~, 그러면 방 정리는 오빠한테 맡길까요. 저는 그동안 저녁 준비를 할게요. 오빠도 저녁은 아직이죠?"
"그래. ……고마워."
"저, 요리 제법 잘하니까 기대해 주셔도 된다고요~."

그녀는 그렇게 말하고는 여행 가방에서 프릴이 달린 핑크색과 하얀색 체크무늬 앞치마를 꺼냈고, 그걸 걸친 뒤 목제 칸막이로 나누어진 부엌에 섰다.

나는 방을 정리하면서 곁눈질로 부엌을 살피고 있었는데, 과연 요리를 잘한다고 할 만큼 그녀의 솜씨는 대단했다.

리드미컬하게 들려오는 야채를 써는 소리.

부글부글하며 냄비가 끓는 소리.

이따금 섞이는 귀여운 콧노래.

그 모습은 마치 하루카가 부엌에 서 있는 것 같아, 두근두근해서――

그건가? 나는, 나는 쓰레기 자식인가……?

얼굴이 똑같으면 누구라도 괜찮은 건가?

매우 위험한 망상이라고, 그건.

하루카를, 둘도 없는 연인을 의붓여동생과 겹쳐 본다.

그 망상 끝에 있는 건 뭐지.

어떻게 생각해도 파멸밖에 없다.

하지만 너무나도 닮아서 싫어도 겹쳐 보고 만다.

세상에는 자신과 같은 얼굴을 지닌 타인이 세 명은 있다고 하는데, 내 빌어먹게 좁은 교우 관계에 두 명이 모여 있는 건 어느 정도의 확률일까.

이건 이제 나 혼자만 이사하는 것도 시야에 넣을 필요가 있는 것 아닐까. 아니, 진짜로.

내가 그렇게 골똘히 생각하고 있었을 때였다.

그녀가 요리하며 등을 향한 채 내게 말을 건 것이다.

"그러고 보니 오빠, 바로 조금 전에 저에 관해 연락을 받은 거죠. 아버지한테서."

"응. 오늘부터 시구레 양이 여기서 살게 될 거라면서, 정말로 아슬아슬하게."

"아하하. 그건 깜짝 놀랐겠네요. 오늘 갑자기 그런 말을 하니 말이죠."

"깜짝 놀랐다는 수준이 아니래도. 그 망할 아버지는 진짜. 그런 사람을 고르다니, 시구레 양의 어머님도 고생할 거야. 분명."

"……남처럼 서먹서먹하게 부르시는데, 이제 오빠의 어머니이기도 하다고요."

순간, 그녀의 목소리에서 지금까지 없었던 『험악함』을 느꼈다.

정리를 위해 손 쪽으로 내리고 있던 시선을 드니, 그녀는 눈썹을 치켜세운 언짢은 표정으로 나를 내려다보고 있다.

어? 설마, 화내고 있는 건가?

“어머니뿐만 아니라 저도 그래요. 조금 전부터 ‘시구레 양’이라고 부르시는데 말이죠, 그거 그만둬 주세요. 시구레라고 편하게 불러 주세요. 오빠니까요.”

“아, 아니…… 그건.”

“갑자기 남매가 되는 허들이 높은 게 자기뿐이라고 생각하시나요? 오빠.”

“어?”

“저도 다소 무리하고 있어요. 자기만 편해지려는 건 치사하다고요?”

“…………!”

……그런가. 그야, 그렇겠지.

처음 만난 사람이 오늘부터 가족이라는 말을 듣고서, 네 알겠습니다 하고 받아들일 수 있는 사람은 아마 없을 것이다.

게다가 저쪽은 여자애다. 느끼는 불안감은 남자인 내게 비할 바가 못 될 터.

하지만 그녀는 형태부터라도 허물없이 지내려 해주고 있다.

최선을 다해 호의적으로 다가와 주고 있다.

그런데도, 나는 어떻지?

조금 전부터 내 사정이나 불안함만을 궁시렁궁시렁……!

"우오오오오~~!!"

"어어?! 잠깐, 왜 그러세요, 오빠?! 갑자기 그렇게 자기 뺨을 퍽퍽 때리고는! 우와, 새빨갛잖아요! 얼마나 세게 때린 거예요?!"

"아니, 이제 괜찮아."

"무엇 하나 괜찮게는 보이지 않는데요?! 뭔가의 발작인가요, 그거?!"

"어쨌든, 괜찮아."

빌어먹을 겁쟁이인 나 자신의 눈을 뜨게 하려면 딱 좋은 정도다.

그야 서로 다가서려는 노력을 전부 타인에게만 맡기고, 남이 손을 잡아 이끌어 주기만을 기다리는 건 편하겠지.

하지만 그건 오빠가 할 짓이 아니다.

아니, 오빠가 되어 봤던 적은 없으니까 내 제멋대로인 이미지이지만, 그래도 이왕 오빠가 된다면 그런 한심한 오빠는 되고 싶지 않다. 그러니까,

"미안했어. 이제부터는 조심할게. 시, 시구레."

"……! 넵!"

약간 쑥스러워하는 느낌이 들어갔지만, 제대로 말할 수 있었다.

역시 여자를 성씨가 아닌 이름으로 편하게 부르는 건 긴장된다.

그래도 기뻐 보이는, 그리고 어딘가 안심한 듯한 시구레의 미소를 보니 긴장한 보람은 있었던 것처럼 느껴졌다.

뭐, 그런 시구레의 미소는 역시 하루카와 판박이라, 뜨끔하고 말았지만.

그래도 이건 내 문제다. 내가 익숙해질 수밖에 없다.

이걸 이유로 시구레를 거절하는 건 당치도 않은 짓이다.

하루카에게도, 시구레에게도 실례이기 짝이 없다.

"그럼 저녁도 준비됐으니, 밥상을 꺼내 주시겠어요? 오빠."

“맡겨줘. 시구레.”

“오오. 두 번째 만에 익숙해지기 시작했네요~. 그 느낌으로 빨리 몸도 마음도 제 오빠가 되어서 귀여운 여동생을 잔~뜩 어리광부리게 해주세요~.”

시구레는 하루카랑 쏙 빼닮은 미소를, 하루카로는 생각할 수 없는 소악마 같은 것으로 바꾼다.

그 미소는 몹시 잘 어울리는 느낌이 들었다.

당연한 것이지만, 역시 이 애는 하루카가 아니다.

나는 그 사실에 조용히 안도했다.

……뭐어, 응. 결론부터 말하자면 이 안도는 터무니없는 착각이었지만 말이다.

カノジョの妹とキスをした

I kissed My Girlfriend's Little Sister

“아~, 손가락이 지치기 시작했어. 양이 양이다 보니 상당한 고생이라고, 이거…….”

시구레한테 목욕 준비를 맡기고 있는 동안, 나는 시구레의 생활 공간을 확보하기 위해 아버지 방에서 치운 쓰레기를 현관에서 쓰레기봉투에 담고 있었다.

어머니의 유품 말고는 버려도 괜찮다고 했기에, 그것 말고는 사양하지 않고 쓰레기봉투에 집어넣었지만, 의류는 그대로 집어넣을 수는 없는 노릇이다.

타는 쓰레기로 내놓을 수는 있지만, 가능한 한 잘게 자르는 것이 이 지역의 규칙이기 때문이다.

나는 어머니의 유품일 터인 재단 가위로 하나도 빠짐없이 공룡 그림이 그려진 아버지의 옷을 잘게 잘라 나갔다. 그 작업은 손가락 마디가 슬슬 나른해지기 시작해졌을 무렵에서야 끝이 났다.

하지만 끝난 건 옷뿐이다.

“아직 커튼이 남아 있단 말이지.”

벽장 안에서 출토된 커다란 녀석이다.

이걸 해체하는 건 무척 애가 먹는다.

아무리 그래도 손가락이 너무 힘들기에 나는 한숨 돌리면서, 현관에 쌓여 있는 대량의 쓰레기를 바라봤다.

타는 쓰레기, 안 타는 쓰레기, 대형 쓰레기. 여러 가지다.

아버지가 모으고 있던 공룡 피규어 등도 있다.

이런 것들은 시구레의 도움을 받아 재활용 샵에라도 가지고 가는 편이 좋겠지.

어쩌면 다소는 가계의 보탬이 될지도 모른다.

내가 그런 계획을 세우고 있자, 욕실 청소를 하던 시구레가 나를 불렀다.

"오빠~, 오빠. 큰일이에요."

"왜 그래? 혹시 목욕물 데우는 방법을 모르겠어?"

"아뇨. 전에 살던 집도 가스보일러라서 그건 문제없는데요."

"그럼 뭔데?"

"네, 그게 말이죠, 오빠. 지금 깨달았는데, 이 집, 탈의실이 없어요!"

앗.

그러고 보니 확실히 우리 집 욕실은 부엌의 목제 칸막이 부분에 바로 이어져 있다.

우리 집 부엌과 거실에는 문턱이 없고 거실은 내 침실이기도 하기에, 이건 실질적으로 내 방과 바로 이어진 것이나 마찬가지다.

지금까지 남자끼리만 살아 신경 쓰지 않았기에 잊고 있었는데, 이건 큰 문제다.

아니, 잠깐.

"욕실 앞 천장에 커튼레일은 달려 있지?"

"어디 보자, ……아. 네. 있어요, 있어요. 하지만 커튼이 안 달려 있는데요?"

"그러면 마침 이걸 쓸 수 있으려나?"

나는 버릴 생각으로 현관에 가지고 왔던 커튼을 손에 쥐었다.

쓸 수 있다면 자르는 수고를 덜어서 큰 도움이 되겠는데, 과연 어떨까.

거실로 돌아가 커튼레일에 매달고 길이를 확인했다.

으음~, 미묘하게 짧다.

가로 폭은 문제없지만, 밑단이 바닥에서 40cm 정도 떠 있다.

하지만 필요충분하기는 하다.

"일단 무릎 정도까지는 되고, 색도 진하니까 비쳐 보이는 일도 없겠지. 오늘은 이걸로 참아 주겠어?"

"저는 문제 없는데요, 오빠는 괜찮으신가요?"

"응? 나는 딱히 남자니까 그렇게까지 신경 안 쓰는데."

"호호오~?"

그 순간, 시구레의 표정이 또 조금 전과 같은 소악마 같은 것으로 변했다.

하루카라면 절대로 짓지 않을 미소다.

나는 그 미소에 등줄기가 조금 오싹해지는 것을 느꼈다.

"뭐, 뭐야. 그 의미심장하게 히죽거리는 얼굴은."

"아뇨아뇨. 문제가 없다면 괜찮아요, 네. 그럼 이제 목욕물은 다 데워졌으니 제가 먼저 들어갈게요."

"들어가, 들어가."

나는 손을 하늘하늘 흔들며 거실로 돌아가 TV를 켰다.

이야~, 운이 좋았다.

커튼을 자르지 않아도 되었기에, 정리는 이걸로 끝이다.

나머지는 나도 목욕을 한 뒤 자는 것뿐.

인생에서 가장 힘든 날도 이걸로 겨우 끝이라는 말이다.

아직 생각해야만 하는 건 있지만, 일단은 다행이다, 다행이야.

나는 한숨 돌리고는 거실에 앉아 평소부터 왠지 모르게 틀고 있는 버라이어티 프로그램을 쳐다봤다.

그러고 있었더니, 시야 가장자리에 비치는 욕실 앞, 커튼 밑 틈새로 엿보이는 날씬한 다리가 양말을 벗고 맨다리가 된 순간이 보였다.

"……………………."

아니, 아니아니, 난 뭘 두근두근하고 있는 거냐.

다리가 보인 것뿐이잖냐. 맨다리 같은 건 여자는 어디서든 드러내 보이고 있다.

거리에서도, 학교에서도. 딱히 드문 게 아니다.

이렇게나 켕겨서는 시선을 돌리다니, 아무리 그래도 너무 쫄보 같다고.

자, TV에 집중집중── 하며, 내가 얄팍한 오기를 부리고 있자,

사락, 하고,

시구레가 입고 있던 스커트가 그녀의 다리를 지나 바닥에 떨어졌다.

"으윽~~~~!!!!"

이 순간, 나는 스스로의 경솔함을 저주했다.

바닥에서부터 불과 40cm.

확실히 중요한 건 아무것도 보이지 않는다. 학교 여자들이 스커트 밑단을 줄여 허벅지까지 그대로 드러내는 걸 생각하면 노출로서는 그쪽이 훨씬 더 많다.

하지만 하얀 다리의 움직임과 하나 그리고 또 하나 바닥에 떨어지는 교복이, 하루카와 같은 얼굴을 한 여자애가 커튼 너머에서 알몸이 되어 가고 있다는 사실을 생생하게 전해주는 것이다.

……위험한데. 완전히 오산이었다고, 이건.

요컨대 나는 40cm 틈새로 보이는 광경으로 전체를 보완하고 마는 자신의 왕성한 상상력을 고려하지 않았던 것이다.

젠장, 어쩌지. 지금부터라도 맹장지 너머의 아버지 방으로 갈까.

아니, 안 된다. 그곳은 이미 시구레의 방이다.

식사 후에 이것저것 자기 물건을 정리하고 있었으니, 역시나 허가 없이 들어갈 수는 없는 노릇이다.

차, 차라리 그냥 화장실에 틀어박힐까?

그런 생각을 하고 있었더니, 커튼 틈새로 시구레의 양손이 양다리를 미끄러지듯 타고 내려가,

하얀 천을 내리는 순간이 보였다.

나는 참지 못하고 밥상에 엎드렸다.

고막이 안쪽에서 터질 것만 같을 정도로 심장 소리가 시끄럽다.

——정했다. 맹세했다. 내일이다.

내일 반드시 홈센터*에 가서 커튼을 사야지.

그것도 바닥에 질질 끌릴 정도로 긴 녀석을. 무슨 일이 있어도 산다. 이 세상이 멸망해도 살 거다.

"저기~, 죄송한데요, 오빠."

"우왓! 뭐, 뭔데?!"

당황하여 고개를 드니, 시구레가 커튼 끝으로 얼굴을 내밀고 의아한 표정으로 이쪽을 보고 있었다.

"뭘 그렇게 동요하고 계신 건가요?"

---

* 인테리어 용품이나 집기, 생활용품 등을 파는 종합 점포.

"딱히 동요 따위 하지 않았어! 졸고 있던 차에 갑자기 말을 거는 바람에 놀란 것뿐이야! 그래서, 뭔데?"

"쉬시는 데 죄송하지만, 제 여행 가방에서 샴푸랑 린스 좀 가져와 주실 수 있나요? 가지고 들어가는 걸 깜박해서요."

"여, 열어도 되는 거야? 가방."

"괜찮아요. 이미 속옷 같은 건 방에 정리해서 넣어 놨으니까요. 신경 쓰지 마시고."

"아, 알았어."

나는 시구레의 시선에서 도망치다시피 그녀의 방으로 들어가, 벽에 기대어져 있던 여행 가방에서 핑크색 통 두 개를 꺼냈다.

그리고 몇 번인가 심호흡하여 호흡을 가다듬고 전력으로 평정을 가장하며 거실로 돌아가 그 두 개를 시구레에게 건넸다. 시구레를 고맙다는 말을 한 뒤 그걸 받아들고는, 씨익~ 하고 의미심장한 미소를 띠었다.

"우훗~. 감사합니다. 오빠~♡"

"뭐, 뭐야. 그 얼굴은."

"아뇨~? 아무것도 아니에요. 암~것도♪"

시구레는 그렇게 말하고는 커튼 안으로 얼굴을 집어넣

었다.

곧바로 욕실 문이 열리고 닫히는 소리가 연이어 들려왔다.

나는 밥상으로 돌아가 깊이 한숨을 내쉬었다.

……뭐냐고, 지금 얼굴은.

하루카와 똑같은 조형의 얼굴.

하지만 하루카가 절대로 짓지 않을 묘한 미소.

지금 다시 한번 그걸 본 내 뇌리에, 조금 전에 시구레가 한 말이 반복되었다.

『저는 문제 없는데요, 오빠는 괜찮으신가요~?』

어쩌면 시구레 녀석, 내가 이렇게 될 거라는 걸 알고 있었던 건가.

자기가 내 천박한 망상에 쓰이리라는 걸 알고서 멈추지 않았던 건가.

……등줄기가 오싹오싹한다.

내 안의 무언가가 경종을 울리고 있다.

설마, 저 녀석은…….

"아니, 아니아니아니. 성급하게 결론 내리지 말자."

제멋대로인 상상으로 상대를 단정 짓는 건 좋지 않다.

그렇다.

시구레는 오늘부터 오빠가 될 타인에게 가까이 다가와 주었지 않은가.

이 상상은 피해망상이 좀 지나치다.

나는 뇌리에 떠올랐던 안 좋은 예감을 떨쳐 내고, 신경을 다른 곳으로 돌리기 위해 자습하기로 했다.

밥상 위에 노트를 꺼내 내일 예습을 한다.

한가한 시간은 공부로 때워라. 공부는 아무리 해도 손해가 되지 않는다.

그 망할 아버지한테서 받은 유일한 교훈이다.

노트와 마주 보고 있으면 쓸데없는 생각을 하지 않고 그친다.

몰두하고 있는 사이에 나는 평정을 되찾고 있었다.

이윽고 목욕을 끝낸 시구레가 거실로 돌아왔다.

“하아~. 오늘은 이동하느라 땀을 잔뜩 흘렸는데, 개운해졌어요~. 욕실, 이제 들어가셔도 괜찮아요.”

“그래, 그러면 나도 들어갈까.”

시구레가 말을 걸기 전까지, 나는 그녀가 욕실에서 나온 걸 깨닫지 못하고 있었다.

역시 공부는 좋다.

이것만큼은 그 아버지에게 감사해야겠군, 하며 나는 양반다리를 풀고 일어섰다.

그리고, ——얼어붙었다.

한순간에, 눈 깜짝할 사이에, 전신의 피가 굳어진 것처럼 움직일 수 없게 됐다.

하지만 곧바로 얼굴만은 불을 뿜을 것처럼 뜨거워지기 시작했다.

당연하다. 너무나도 당연하다.

왜냐면 얼굴을 든 그곳에, 시구레가 목욕 타월 한 장 차림으로 서 있었으니까!

"무, 무무무무무슨 차림을 하고 있는 거야, 너는———?!"

시구레의 이 차림에는 아무리 그래도 절규가 튀어나올 수밖에 없었다.

하지만 시구레는 갸우뚱? 하며 고개를 갸웃하고는,

"무슨 차림이라니요, 그야 목욕하고 나온 거니까 이게 보통 아닌가요? 오빠도 그렇잖아요?"

"그야 자기 집이라면 그렇지만 여기는——!"
"여긴 이제 저의 집이라고요?"
"그래! 그랬지! 아니, 그래도 일단 빨리 옷 입어! 가령 우리가 피가 이어진 남매라도 이 나이에 이건 아니잖아?! 그야 우리는 서로에게 어느 정도 의식적으로 다가가야만 할지도 모르지만, 이건 완전한 폭주라는 거고……!"
"풉, ————크큭, 아핫, 아하핫!"

갑자기 몸을 굽히며 웃기 시작하는 시구레.
뭐, 뭐지. 뭐야, 이 여자.

"뭐가 웃긴 거야!"
"괜찮아요. 보세요. 밑에 제대로 캐미솔 입고 있으니까요."
"……어?"

목욕 타월을 활짝 열어젖히는 시구레.
그 밑에는 확실히 캐미솔과 돌핀 팬츠를 입고 있었다.
아연해하는 나. 그런 내 얼굴을 보고 시구레는 웃음을 터뜨렸다.

"아하하! 보통 캐미솔 끈으로 눈치채지 않나요? 웃겨라

amizore

~. 오빠, 야한 만화를 너무 많이 보셨어요~. 아무리 의붓 오빠라고는 해도, 오늘 막 만난 남자애 앞에서 목욕 타월 한 장 차림으로 나오는 여자가 현실에 존재할 리 없잖아 요~♪"

어깨를 떨며 계속 웃는 시구레.

그렇다. 하루카와는 전혀 닮지 않은, 저 심술궂은 미소로.

이, 이 녀석, 역시……!

"너, 너 말이다……, 농담에도 한도라는 게 있다고……!"

"네에~? 조금 애교 섞인 장난을 치는 것뿐이잖아요~. 고양이가 귀엽게 살짝 깨무는 행위 같은 거래도요. 뭐어, 오빠는 제법 혼자서 흥분하셨던 것 같지만요."

"……내가 혼자서 흥분해서, 돌이킬 수 없는 사태가 되면 어떻게 할 거야. 나는 내 쫄보 같은 면에는 나름 자신 있지만, 그런 일은 절대로 없을 거라고 보장할 수 있는 건 아니라고."

"아하☆ 이성에 자신이 있는 게 아니군요. 솔직하네요~. 그래도 괜찮아요."

"무슨 근거로."

"왜냐면."

시구레는 내가 메모에 쓰려고 밥상 위에 올려뒀던 광고지 한 장을 집어 들고는, 허공에 던졌다.

순간,

그녀는 허공에 하늘하늘 떠 있는 광고지를, 더할 나위 없이 정확하고 예리한 돌려차기로 두 쪽 내 버렸다.

"저, 아마 오빠보다 훨씬 강할 테니까요♡"

"………………."

"그럴 마음이 들면 덮치셔도 상관없어요. 저도 전력으로 상대할게요♪"

시구레는 기장이 짧은 돌핀 팬츠에서 뻗어 나온 허벅지를 들어 올리고는, 주장하는 것처럼 손으로 쳤다.

파앙, 하고 시원하게 울리는 소리가 전해주는 잘 단련된 근육의 존재.

틀림없이 뭔가 소양을 가지고 있는 사람의 움직임과 파괴력.

요컨대, 요컨대다.

시구레는── 자신에게 나를 압도하는 전력이 있다는 걸 이해하고서, 나를 놀리고 있던 것이다.

등줄기를 타고 오르는 한기로서 내 안에 존재했던 예감. 그것이 지금 확신으로 변한다.

"뭐가 다소 무리하고 있다야. 내숭 떨고 있었구나, 너!"
"안 떨었다냥."
"떨고 있잖아!"

아아, 이제 틀림없다.
확실히 겉모습은 그 천진난만한 하루카와 판박이지만, 내용물이 완전히 다르다.
시구레는 조금 전에 자신을 장난치는 고양이로 비유했는데, 그건 참으로 절묘한 표현이었다.
고양이는 자기보다 약한 사냥감을 일부러 죽이지 않고 장난감으로 삼아서 가지고 노는 습성이 있다는 듯하다.
발톱을 세우지 않고 때리거나, 이빨을 세우지 않고 살짝 깨무는 등.
과연. 매우 닮았다.

"저 줄곧 연상의 형제를 가지고 싶었어요. 귀여운 여동생의 응석을 받아 주는 오빠나 언니가. 그러니까, 저를 잔뜩 어리광부리게 해주세요. 오빠~♪"

천진난만한 하루카라면 절대로 지을 수 없는, 고약한 심보가 드러나는 미소.

틀림없다. 이 녀석, 남을 괴롭히는 걸 즐기는 애다.

이건 곤란하다. 난처하다고.

그도 그럴 것이 이런 사디스트한테 하루카에 관한 사실을, 내게 자기와 쏙 빼닮은 여자친구가 있다는 사실을 들키면 대체 어떻게 되어 버리는 거지?

절대로, 그냥은 넘어가지 않는다.

하루카와 닮았다는 것을 구실로 점점 더 깝죽댈 것이 눈에 선하다……!

역력하게 상상할 수 있는 미래에, 나는 등줄기가 차가워지는 것을 얼버무릴 수 없었다.

カノジョの妹とキスをした

I kissed My Girlfriend's Little Sister

제 4 화 아침 인사×컨센서스

내 인생에서 틀림없이 가장 충격적인 하루가 지나간 다음 날 아침.

익숙지 않은 냄새가 내 의식을 잠결에서 끌어올렸다.

된장국 냄새.

그에 이끌려 부엌으로 시선을 향하니, 거기엔 어제와 같은 앞치마를 걸치고 어제 만든 된장국을 냄비에 끓이는 내 여동생의 모습이 있었다.

"아. 좋은 아침이에요. 오빠."

"!……."

창문으로 비쳐 들어오는 아침 햇볕보다도 따뜻한 미소.

그것이 너무나도 내 연인과 닮아서 심장이 마구 뛴다.

나는 겹쳐 보게 될 것 같은 그 모습을 떨쳐 내고자 일부러 이름을 불렀다.

"안녕. 시구레."

"어제는 잘 주무셨나요? 맹장지 한 장 너머에 있는 귀여운 여동생에게 두근두근거려서 잠 못 이루거나 하지는 않았나요?"

"……아무렇지도 않아."

"정말이려나~? 후후, 뭐, 괜찮겠죠. 자, 아침밥 준비가 다 되었어요. 상을 꺼낼 테니 이불을 정리해 주세요."

그 말을 듣고 나는 이불에서 느릿느릿 나왔다.

몸이 무겁다.

아무렇지도 않다고 말했지만, 거짓말이다.

맹장지 한 장 너머에서 연인과 같은 얼굴을 한 여자애가 자고 있는 것이다.

아무렇지도 않을 리가 없다.

그저, 사실대로 말하면 그걸 의식하는 시간은 생각 외로 짧았다.

그건 어제 자기 전에, 하루카와는 전혀 닮지 않은 시구레의 본성을 알아 버렸기 때문이다.

아무리 그래도 저렇게까지 개성이 정반대라면, 겉모습이 얼마나 똑같다 한들 타인으로밖에 보이지 않는다.

오히려 가족으로서 잘해나갈 수 있을 듯한 느낌도 들기 시작했다.

성격 나쁜 이 녀석한테 하루카의 존재가 알려지면 어떻

게 될지, 그건 다소 불안하기는 하지만.

내가 좀처럼 잠들지 못했던 건 시구레가 아니라 하루카 일로 고민하고 있었기 때문이다.

……요컨대, 이 상황을 어떻게 설명하면 좋을까, 하는 것.

피해서 지나갈 수는 없는 문제다.

그리고 매우 어려운 문제이기도 하다.

하루카는 어떻게 생각할까.

연인인 내가 자기와 쏙 빼닮은 이성과 동거하고 있다는 것을 알게 된다면.

솔직히 불안하다.

단지 이건 내가 잘못한 게 아니고, 내 힘으로 어떻게 할 수 있는 것도 아니다.

하루카라면 이야기하면 제대로 이해해 줄 터다.

그리고 이야기한다면 가급적 빠른 편이 좋겠지.

LINE으로는 안 된다. 직접 말로.

오늘 점심쯤에 불러내서 이야기하자.

……라고, 어찌어찌 내 안에서 그렇게 결론을 내린 게 심야 2시를 넘어서였다.

몸이 무거운 것도 당연하다.

나는 졸린 눈을 문지르며 이불을 정리하고 식탁에 앉았다.

메뉴는 흰 쌀밥, 어제 먹었던 된장국, 달걀 프라이와 채썬 양배추.

아침부터 김이 모락모락 올라오는 밥을 먹다니 이게 몇 년 만일까.

어머니가 살아 계셨을 무렵 이래로 처음일지도 모른다.

"……고마워. 이런 것도 당번을 확실하게 정해야겠네."

"여쭤보겠는데요, 오빠는 혼자일 때 아침은 어떻게 하고 계셨나요?"

"미리 사뒀던 빵을 먹거나, 아예 먹지 않거나 둘 중 한 쪽이었지."

"잘 알았어요. 오빠한테는 부엌을 맡길 수 없겠네요. 당번제가 아니라 분업으로 해요. 저는 요리와 세탁. 오빠는 쓰레기 버리기와 설거지. 어때요?"

"시구레가 그걸로 괜찮다면."

"그럼 결정~."

공동생활의 룰을 정하면서 아침을 먹었다.

어제 저녁 식사도 그랬지만, 시구레의 요리는 실로 맛있다.

어젯밤의 메인 반찬은 연어 소금구이. 오늘은 달걀 프라이. 거기에 된장국.

만들고 있는 것에 그렇게까지 손을 볼 여지가 있는 것처럼 생각되지는 않는데, 내가 가끔 스스로 만든 요리와는 하늘과 땅 차이다.

연어는 너무 바삭바삭하지 않으면서 간이 딱 알맞고, 달걀 프라이는 찐득한 반숙.

된장국도 구수한 향기에, 짧게 잘린 팽이버섯의 식감이 맛있다.

대단한 솜씨다. 만약 하루카라는 여자친구가 없는 상태에서 시구레가 여동생이 되었다면――, 나는 분명 상당히 글러 먹은 오빠가 되어 있었을 것이다.

내가 그렇게 감탄하고 있었더니, 시구레가 젓가락을 내려놓고 말을 걸었다.

"그런데 오빠. 등교하기 전에 중요한 이야기가 있어요."

"응? 뭔데?"

"저도 오늘부터 세이운에 다녀요."

세이운. 이 지역에서 그 이름으로 불리는 곳은 하나뿐.

세이운 고교. 내가 다니는 학교.

카나가와현에서는 그 나름대로 알려진 명문 사립이다.

"그러냐. 그럼 같은 학교구나."

"반도 같아요. 오빠도 특진이죠?"

"진짜냐."

세이운의 특별 진학 클래스는 한 반밖에 없다.

특진 클래스로 들어온다면 틀림없이 남은 2년 동안 같은 반이 된다.

"그렇다는 건 마침내 온종일 얼굴을 마주하게 되겠군."

"네. 바로 그래서 말인데요, 오빠. 저희가 남매가 되었다는 건 비밀로 하고 싶어요."

"응? 어째서?"

"상상력이 결여되어 있네요, 오빠. 아무리 부모가 재혼했기 때문이라고 해도 저희는 어제 막 만난 참이잖아요? 그런 남녀가 둘이서 동거하고 있다는 게 알려졌다간 남자들의 절호의 딸감이잖아요!"

"푸웁!"

된장국이! 된장국이 코로 역류해서 쓰리다……!

"너, 여자가 그런 말 쓰지 마!"

"사실이니까 달리 말할 방도가 없어요. 어쨌든, 저로서는 새로운 곳에서 보내는 첫째 날부터 그런 업은 짊어지고 싶지 않다고요."

뭐, 뭐어. 확실히 쉽게 예상할 수 있는 미래이기는 하다.

현역 남고생인 내가 확신을 가지고 보증할 수 있다.

시구레의 염려는 지당하다.

"……즉, 우리는 새빨간 남이라고 거짓말을 하는 건가."

"아뇨, 거짓말을 할 필요는 없어요. 거짓말은 의외로 잘 들통나고, 두 사람의 거짓말을 맞춰야 할 필요도 있으니까 성가셔요. 그저 적극적으로 말하고 다니지 않는 정도로. 선생님한테는 사전에 부탁하면 잠자코 계셔 주실 테고, 다행히 저희 성씨는 '사토'예요. 흔해 빠진 성씨니까 저희 스스로가 말하고 다니지 않으면 이상하게 의심받을 일도 없겠죠."

"뭐, 나는 상관없지만——"

거절할 이유도 없다.

나도 반 아이들의 속된 망상에 우리가 이용되는 건 싫다.

전혀 근거 없는 망상이라고는 해도, 그런 게 하루카의

귀에 들어가는 건 원치 않는다.

그러니 시구레의 제안을 거절할 이유는——.

아. 아니, 잠깐만.

아무리 그래도 누구한테도 말하지 않겠다고 약속할 수는 없다.

하루카한테는 이야기해야만 하고, 그 밖에도 이 집에 빈번하게 드나드는 사람이 있다.

"미안. 이곳저곳에 말하고 다니지 않겠다는 건 약속하겠는데, 이야기해 두고 싶은 상대는 있어. 이 집에 늘 드나드는 녀석들이야. 어차피 조만간 들킬 테니까 그 녀석들한테는 말하고 싶어. 물론 함부로 퍼뜨리고 다니지 않도록 단단히 일러둘 테니까."

하루카의 이름을 꺼내지 않았던 건, 시구레가 나한테 자신과 판박이인 여자친구가 있다는 사실을 알게 되면 또 그 짓궂은 표정을 지을 게 분명하기 때문이다.

딱히 철저하게 숨길 생각은 없지만, 적극적으로 알려주고 싶다고는 생각하지 않는다.

나의 이런 확인에 시구레는 약간 불만스러운 표정을 지었다.

“……친구분, 입은 무겁나요?”
“그 점에 관해서는 나 같은 것보다 훨씬 신용할 수 있어.”
“……어쩔 수 없네요. 좋아요. 단, 사과의 의미로 제 뺨에 아침 인사의 키스를 해준다면, 이지만요.”

씨익, 하고 짓궂은 미소를 띠는 시구레.
이 여자, 또 그런 짓을……!

“그런 건 그만두라고 말했잖아……!”
“아핫! 왜 얼굴이 새빨개지는 건가요? 가족끼리 뺨에 키스하는 건 단순한 인사잖아요. 해외에서는 평범한 건데.”
“나는 해외에서 하니까 일본에서도 당연한 것, 같은 그 논조는 싫어한다고!”
“말은 그렇게 하시면서, 그저 단순히 여자애 뺨에 키스할 배짱이 없는 것뿐이잖아요. 그래도 제 어리광을 들어주지 않는다면, 허가는 내드릴 수 없겠네요? 어쩌시겠어요오~? 약해 빠진 오빠~?”
“큭! 얕보지 말라고! 그 정도라면 아무것도 아니야!”

거짓말이다. 전혀 아무것도 아니지 않다.
여자의 손을 잡은 것만으로도 들떠 오르는 나한테는 심

각한 일이다.

하지만 지금 확신했는데, 이 여자── 완전히 맛 들렸다.

얼굴을 보면 알 수 있다.

나를 얕보고 있다는 게 저 히죽거리는 얼굴에 더할 나위 없이 잘 드러나 있다.

이 녀석은 딱히 내가 아침 인사 키스를 해주길 바라는 게 아니다.

단순히, 허둥지둥하는 나를 보며 즐기고 있는 것이다.

나는 어차피 못 할 거라면서 깔본 채로.

……이건 좋지 않다.

차후를 위해서도 이쯤에서 따끔하게, 제대로 본때를 보여줘야 한다. 궁지에 몰린 쥐가 고양이를 문다는 말의 의미를 가르쳐 주지 않으면, 이제부터의 생활에서 계속 휘둘리기만 하는 처지가 된다.

나는 다부진 태도를 가장하며 밥상에 손을 대고 상반신을 뻗었다.

그리고 마치 '자아, 자아'라고 말하는 것처럼 뺨을 내 쪽으로 향하고 있는 시구레와의 거리를 좁히고,

"큭……."

뭐, 뭐냐고. 그 잡티 하나 없는 새하얀 뺨은.

정말로 같은 인간이냐, 이 녀석.

——아니, 망설이지 마라.

이런 걸로 일일이 주눅 드니까 놀림을 당하는 거다.

기세에 맡겨 단숨에 해주겠어.

나는 그렇게 벼르고는 입술을 확 가까이 댔다.

순간——, 샴푸의 상쾌한 향기가 살랑 감돌았다.

움직임이 얼어붙었다.

어째서냐면 그 향기가, 하루카와 똑같은 향기였으니까.

젠장! 얼굴뿐만이 아니라 냄새까지 판박이라니 어떻게 되어 먹은 거야!

그걸 인식하자마자 가슴속에 씁쓸한 죄악감이 솟아나기 시작했다.

의붓여동생이라고는 해도, 뺨이라고는 해도, 어제 막 알게 된 여자애한테 키스.

그런 짓, 하루카한테조차 한 적 없는데.

그건 하루카에 대한 배신 아닌가.

나는 이런 짓을 하고서, ——점심시간에 하루카의 얼굴을 똑바로 볼 수 있을까?

“네, 스톱!”
“우오?!”

내가 망설이고 있자, 곧바로 시구레가 내 몸을 밀어냈다.
그리고 어딘가 겸연쩍어하는 듯한 표정으로,

“정말, 싫어라~. 오빠도 참, 진심으로 받아들이고선! 이런 건 농담인 게 당연하잖아요~. 키스라는 건 좋아하는 사람과 하는 거라고요?”
“네, 네가 하라고 했잖아!”
“설마하니 진지하게 받아들일 거라고 생각하지는 않잖아요~. 오빠는 저질☆”
“……지금, 태어나서 처음으로 여자를 때리고 싶은 충동에 휩싸이고 있는데.”
“꺄아~! 가정폭력 반대~! ……그래도 확실히 저 역시 장난이 지나쳤네요. 죄송해요.”

시구레는 머리를 꾸벅 숙였다.

“친구분께 전하는 건은 오빠 뜻대로 해주세요. 오빠가 필요하다고 생각하시면 누구한테 이야기하셔도 괜찮아요. 불특정 다수에게 퍼뜨리고 다니지 않도록만 해주시면 충분해요."

그러고 나서 일어난 뒤 자신의 식기를 정리하기 시작했다.

……어쩐지 갑자기 고분고분해졌군.

대체 어떻게 된 걸까.

쑥스러워하고 있다, 는 느낌도 아닌 것 같은데.

여자 마음의 미묘한 사정을 이해하는 건 내게는 너무 어려웠다.

カノジョの
妹とキスをした

I kissed My Girlfriend's Little Sister

"후쿠오카의 슈에이칸 고등학교에서 전학 온 사토 시구레입니다. 여러분과는 스타트 시기가 조금 어긋나고 말았지만, 친구로 맞아들여 주신다면 기쁘겠습니다. 잘 부탁드립니다."

아침 조례 시간.

시구레가 칠판 앞에 서서 특진 클래스 일동에게 인사한다.

참고로 시구레의 복장은 학교 휘장만을 세이운 것으로 바꾼 슈에이칸 교복이다.

나는 딱히 아무런 생각 없이 평범한 학생복을 샀기에 몰랐는데, 사립인 세이운에는 그렇게까지 엄격한 복식 규정이 없는 모양이라 색깔이나 천 면적, 학교 휘장 등의 일정 기준을 충족하면 복장은 나름 자유롭다는 듯하다.

그래서 시구레는 지금 있는 교복을 기준에 충족하도록 개조하여 재사용함으로써 교복값을 절약했다는 것 같다.

그러고 보니 어제, 전에 살던 집 욕실도 오래된 가스보일러를 쓰고 있었다고 말했다.

모녀 가정이니 유복하다고는 도저히 말하기 힘든 가정이었을 것이다.

높은 가사 스킬도 그런 부분에서 유래하고 있는 것일지도 모른다.

인사를 끝낸 뒤, 선생님은 시구레한테 내 옆자리에 앉도록 지시했다.

그때 '의붓오빠'라는 언급은 없었다.

어디까지나 출석번호 순, 이라는 형식이다.

시구레가 미리 선생님에게 말해 둔 것이겠지.

"사토 양, 슈에이칸이었구나! 굉장해~!"

"용케 세이운에 들어올 생각을 했네. 세이운도 이 근방에서는 나름 명문이지만, 아무리 그래도 전국에서 알아주는 슈에이칸하고는 브랜드 가치가 전혀 다르잖아."*

"나라면 자취를 해서라도 꼭 슈에이칸에 남았을 거야."

1교시와 2교시 사이의 쉬는 시간.

시구레는 곧바로 반 아이들에게 둘러싸여 질문 공세를 당하고 있었다.

---

* 후쿠오카의 명문고 슈유칸 고등학교를 모델로 한 패러디. 해당 고교는 후쿠오카현 내 공립고교 중 1위, 전국 47위.

그렇지만, 아무도 나와 시구레의 관계에 대해서는 언급하지 않는다.

뭐, 사토 같은 건 흔해 빠진 성씨니 알 수 있을 리도 없지만 말이다.

가장 화제에 오른 건 시구레가 원래 다녔던 학교 이야기다.

슈에이칸 고교.

카나가와현민인 나라도 알고 있는 큐슈의 명문.

카나가와의 살짝 머리가 좋은 학교 정도인 세이운과는 격이 다른 전국구 수준의 엘리트 학교다.

특진은 역시 학력을 의식하고 있는 학생이 많기에, 전국에 이름이 널리 알려진 학교가 어떤 곳인지 신경 쓰여 견딜 수가 없는 모양이다.

하지만 3교시가 끝난 후의 쉬는 시간쯤 되면, 아무리 그래도 화제는 원래 있던 학교에서 본인에 대한 것으로 옮겨 간다.

그 흐름 속에서 어떤 여학생이 이렇게 말했다.

"그런데 나, 시구레 짱을 어디서 본 적 있는 느낌이 든단 말이지."

"아, 나도. 어째서일까."

"분명 연극부에 얼굴이 좀 닮은 여자애가 있었던 것 같은데, 걔 아냐?"

"아! 그래, 맞아! 작년 문화제에 엑스트라로 나왔던 무긴 해도 귀여운 애! 그래서 기시감이 있었던 거네."

으, 곤란하다.

곧바로 화제가 시구레와 쏙 빼닮은 하루카로 이어지고 말았다.

시구레도 흥미진진해 보이는 표정으로 이 화제에 반응했다.

"……헤에, 그건 만나 보고 싶네요. 반은 아시나요?"

"아――, 거기까지는 몰라. 누구 아냐? ……모르나."

"특진은 부 활동 하는 녀석이 적으니까 말이지."

"게다가 보통과는 신축 건물 쪽이니까 중학교에서부터 알고 지낸 녀석이 아니면 교류도 그다지 없고. 그래도 자세히 보니 좀 닮았다는 정도가 아닌 듯한 느낌도……."

나는 그 대화를 조마조마해하면서 듣고 있었다.

이 상태라면 두 사람은 예상보다 빨리 만나게 될 것 같다.

나로서는 역시 두 사람이 만나기 전에 하루카한테 사정을 설명해 두고 싶다.

나와 남매라는 것을 감추는 방침은 시구레가 꺼낸 말이기에, 만약 두 사람이 만나더라도 이 관계에 관한 이야기가 시구레 쪽에서부터 하루카한테 새어 나갈 거라고는 생각하지 않지만, 그럴 일이 절대로 없으리라고는 말할 수 없기 때문이다.

원래부터 감출 생각은 없지만, 그래도 역시 내가 없는 곳에서 하루카한테 우리 동거가 들키는 건 좋지 않다. 그녀에게 아무런 설명을 할 수 없으니까.

그렇긴 해도, 하루카한테는 점심시간에 만나고 싶다고 이미 메시지를 보내 승낙을 받았다.

지금 허둥지둥해도 별수 없다.

침착해라.

지금은 점심에 어떻게 이야기를 꺼낼지 생각하는 거다.

내가 그렇게 판단하여 머리를 굴리려 했을 때였다.

『급한 볼일이 생겨서 점심에 그쪽에 못 가게 됐어 >< 미안해』

라는 내용의 메시지가 하루카한테서 왔다.

으으윽.

솔직히 조금 초조해졌다.

하지만 급한 볼일이라면 어쩔 수 없다.

하루카가 별것도 아닌 일로 약속을 갑자기 취소하는 그런 애가 아니라는 건 알고 있다.

그런 하루카가 말한다면, 정말로 중요한 볼일이리라.

나는 알았다고 스탬프로 답변을 보내고 한숨을 한 번 내쉬었다.

뭐, 어쩔 수 없다며 생각을 전환했다.

이렇게 되면 먼저 또 다른 한쪽에 이야기를 끝마쳐 두자.

——4교시가 끝나고 점심시간.

종이 울리자마자 나는 곧바로 자리에서 일어나 창가 맨 끝에 있는 책상으로 향했다.

잰걸음으로.

그렇다. 여자들이 모여들어 배리어를 완성 시키기 전에.

그리고 아니꼬울 정도로 잘생긴 얼굴로 그 자리에 앉아 있는 친구·와카바야시 토모에한테 말했다.

"토모에. 점심 같이 먹자."

"어, 오케이. 그럼 타케시 녀석도 부를까."

"그래, 부탁해."

*　*　*

와카바야시 토모에. 타케다 타케시.

두 사람은 중학교 때부터 알고 지낸 내 친구다.

타케다 타케시는 보통과 2학년.

180cm가 넘는 장신과 교복 위로도 형태를 알 수 있게 솟아오른 근육.

세 끼 식사보다 프로틴을 좋아하는 웨이트리프팅부 에이스다.

본인이 말하길, 근육 트레이닝을 시작한 건 여자한테 인기를 얻기 위해서라는 것 같지만, 태생적인 오타쿠 기질이 화가 되어 근육 트레이닝에 지나치게 빠져든 결과 본래 목적으로부터 대폭 일탈했고, 몸은 탄탄하게 단련된 정도를 넘어서 거대화하는 바람에 도리어 이성이 멀리 피하게 된 나의 과거 비인기남 동료이기도 하다.

또 한 명인 와카바야시 토모에는 나랑 같은 특진과 2학년.

키가 크고 늘씬한 모델 체형에 아니꼽지 않을 정도로만 탈색한 머리카락.

이 세련된 외모에서 알 수 있을 거라 생각되지만, 이 녀석은 우리랑 다르게 인기가 있다.

그 깔끔한 이목구비와 빈틈없는 성실함, 게다가 특진과 수석이라는 스테이터스도 맞물려 그 인기는 하늘 높은 줄 모른다. 근방 길가 아무 데나 적당히 설치해 두면, 10분 뒤에는 수액에 몰려드는 장수풍뎅이 같은 여자 무리를 관측할 수 있을 것이다.

하지만 내가 반에서 여자관계를 자랑하던 아이자와한테 품었던 질투를 이 남자한테 느끼느냐 하면 그렇지는 않다.

왜냐면 토모에는 남녀를 구별하지 않으며, 아싸와 인싸도 차별하지 않으며, 누구와 있을 때든 즐겁게 지내려 하고, 누구와 있는 시간이든 즐거운 시간으로 만들기 위해 노력한다. 누구에게나 진지하고 성실한 그런 삶의 태도를 지닐 수 있냐고 묻는다면, 나한테는 무리이기 때문이다.

이런 녀석이 남들에게서 호감을 받지 않는다고 한다면, 그건 세상이 잘못된 거다.

그런 생각이 드니까 질투가 솟을 수도 없는 것이다.

그 밖에도 친구는 있지만, 나는 주로 이 두 명과 어울릴 때가 많다.

중학교는 물론, 고등학교에 올라와서도 두 사람은 늘 우리 집에 와서는, 부모님이 출장 가서 없는 걸 구실 삼아 묵으면서 아침까지 놀다 가는 것이다.

그런 사이이기에 이 둘한테는 조만간 시구레와의 관계는 들킨다.

그래서 아예 먼저 털어놓고 입막음을 해 두기 위해서, 나는 둘에게 점심을 같이 먹자고 한 것이다. 그러고 나서 어제 집에 돌아가고 난 후에 일어났던 일을 인기척이 없는 교내 식당 바깥 테라스 자리에서 전부 이야기했다.

둘은 그걸 묵묵히 들어 주었다.

그리고 모든 내용을 다 듣고 난 뒤 토모에는 입을 열자마자,

"……장난 아니네——."

라면서 여름을 앞둔 높은 하늘을 올려다봤다.

"히로, 전생에서 무슨 짓을 저지른 거야?"

"그건 나도 묻고 싶다. 그래도 당사자인 나는 그저 하늘을 올려다보고 조상을 저주하고만 있을 수는 없다고. 어떻게든 타협점을 찾아 나갈 생각이야. 다행인지 어떤지는 제쳐두고, 닮은 건 얼굴뿐이고 성격은 전혀 다르니까, 머잖아 의식할 일도 없어질 거라고 생각하지만."

"확실히 하루카 쨩과 다르게 좋은 성격 하고 있을 것 같지. 시구레 쨩."

"대화도 거의 안 해봤으면서 잘 아네."

"그런 질문 공세를 받으면 본인은 지치기만 할 뿐일 텐데, 엄청 즐거운 듯이 표정 만들고 있었으니까 말이야. 주

위의 온도를 낮추지 않도록 응수하는 것뿐만이 아니라, 얼굴까지 컨트롤할 수 있는 건 내숭을 떠는 게 상당히 몸에 배어 있다는 거야."

역시나 대단한 인간 관찰력이다.

그 녀석이 뒤집어쓰고 있던 가면에 보기 좋게 속아 넘어간 나와는 다르다.

"뭐, 시구레도 새로운 환경에 익숙해지기 위해 나랑 남매라는 건 한동안 비밀로 해두고 싶은 것 같더라고. 그래도 너희는 우리 집에 죽치고 있으니까 금방 들킬 거잖냐. 그래서 먼저 말해 두고 입막음을 해 두는 편이 좋다고 생각해서 말이지. 오늘 부른 건 그런 거다."

"오케이. 그 건은 알았어. 말하면 남자 녀석들의 딸감이 될 건 뻔히 보이니까 말이야."

"조, 좀 더 말을 골라서 하라고!"

"그거 말고 뭐라고 말하면 되는데. 반찬? 오, 히로의 A정식 반찬 엄청 맛있어 보이잖아."

"그만해! 악질적인 밈 오염을 퍼뜨리지 마!"

A정식 타츠타아게* 하나를 토모에 입에 넣어 다물게 했다.

---

* 밀가루 대신 전분을 써서 튀긴 닭고기 요리.

토모에는 맛있다는 듯이 그걸 씹어먹으며 “히로는 야한 쪽으로는 내성이 없네—.”라며 웃고는, 그 뒤에 진지한 표정을 내게 물어봤다.

“……그런데 이 건, 하루카 짱한테는 말할 생각이야?”

터놓고 말해서, 나와 하루카의 관계는 그다지 알려지지 않았다.

딱히 숨기고 있는 건 아니다.

단순히, 어제 겨우 손을 잡는 데 이르렀을 정도로 진전이 느려서 주위가 알아차리지 못하고 있는 것이다.

하지만 토모에와 타케시 둘은 내가 이것저것 상담이나 고민, 여친 자랑 등을 했기에 우리의 관계를 알고 있다.

알고 있기에, 토모에는 걱정해 주고 있는 것이다.

토모에의 그 말에 나는 어젯밤 생각해서 낸 답을 말해줬다.

“그야 물론이지. 잠자코 있어도 불쾌한 느낌이고. 연인 사이에서 숨기거나 하는 건 역시 좋지 않잖아.”

“그만두는 편이 좋아.”

하지만 토모에는 엄한 어조로 부정했다.

“어, 어째서? 확실히 자기와 닮은 여동생과 동거한다니 좋은 기분은 들지 않을지도 모르겠지만, 잠자코 있는 것보다는 낫잖아. 게다가 켕기는 게 없는데 숨길 이유도 없고.”

“하지만 그걸 이야기해 봤자, 편해지는 건 히로뿐이잖아.”

……어?

“그건, 무슨 의미야.”

“그야 하루카 쨩은 착한 애니까 이야기하면 히로가 나쁘지 않다는 건 이해해 주겠지. 절대로 히로를 비난하거나 하지 않을 거야. 하지만 그건 참을 수 있다는 것뿐이고, 불안하게 느끼지 않는다는 건 아니라고. 자기와 쏙 빼닮은 여자가 자신의 연인과 같이 살고 있다. 자기가 혼자서 집에 있는 동안에도, 그 여자는 자신의 연인과 줄곧 같이 있다. 그런 걸 견딜 수 있을 리 없잖아.”

“하지만 우린 부모가 재혼해서 남매가 된 거라고. 여동생 상대로 그런――”

“여동생이라고 해도 어제오늘 그렇게 된 거잖아. 네 그런가요, 그러면 안심이네요, 하고 넘어가는 건 무리래도. 실제로 히로도 어제 하룻밤 같이 있으면서 전혀 두근거리지 않았냐 하면, 그건 아니잖아?”

"그야……."

"이제야 손을 잡은 정도인 관계에서, 괴롭기만 할 뿐인 연애는 길게 이어지지 않아."

"………………."

그 말을 듣고 생각했다.

나는 자신에게 잘못이 없다는 것을 나타내는 데 고집하느라 하루카의 마음을 생각하지 않았던 아닌가 하고.

시구레에 관해 하루카한테 솔직히 말하면, 나 자신은 하루카한테 숨기는 게 있다는 떳떳지 못한 기분에서는 해방된다. 하지만 그걸 듣게 된 하루카의 마음은 어떻지?

물론 나는 시구레에게 하루카를 겹쳐 볼 생각 따위 없다.

아니, 겹쳐 본다고 하더라도 그건 어디까지나 시구레를 통해 하루카로 향하는 것이다.

그 감정을 시구레에게 향해야겠다고는 티끌만큼도 생각하지 않는다.

하지만 내게 그럴 마음이 없어도, 하루카가 어떻게 느낄지는 다른 문제다.

내 말을 그저 믿고 일절 불안을 품지 않는다.

아마 우리는 그만한 관계에는 아직 이르지 못했다.

"뭐, 도저히 거짓말을 하고 싶지 않다면 강요하지는 않겠지만, 나는 지금 단계에서 이야기를 꺼내기에는 충격이 너무 큰 문제라고 생각해. 반드시 수술해야만 하는 환자가 있다고 하더라도, 실제로 메스를 대는 타이밍은 환자의 용태를 보고 판단하잖아. 무슨 일에든 적절한 시기라는 건 있지 않을까?"

"확실히, 그건 그럴지도 몰라……."

하루카 입장에서 보면 처음부터 끝까지 아무것도 알지 못하는 게 제일 좋을지도 모른다.

단지 현실적으로 그건 힘들다.

나와 하루카가 연인이라는 지극히 친밀한 사이인 이상, 언젠가는 들킨다.

"토모에는 어떻게 하면 좋다고 생각하는데?"

"……일단 시구레 짱에게 사정을 이야기하고, 학교에서는 가급적 거리를 두도록 하는 건 절대적이겠지. 그동안에 하루카 짱과 더욱 깊은 사이가 되어서 털어놓을 준비를 진행할 수밖에 없는 것 아니겠어?"

"깊은 사이가 된다니, 구체적으로는 어느 정도까지?"

"최소한 섹스는 끝마쳐야 하지 않을까."

"최소한이 거기?!"

"그 정도 사이까지 가도 위험한 이야기라도 생각해. 히로의 상황은. 단지 확실하게 must라고 말할 수 있는 건 너희 아버지가 돌아오실 때까지의 1년 동안은 무슨 일이 있어도 끝까지 숨기지 않으면 안 된다는 거야. 아무리 그래도 둘만의 동거는 심각해. 원스트라이크 아웃이라는 거라고, 그건."

뭐, 뭐어 그렇겠지. 세, 세, 세…… 성관계는 그렇다고 치더라도, 아버지가 돌아올 때까지는 숨겨야 한다는 건 확실히 must다. 둘이서만 지내는 것과 부모를 포함한 네 명이 같이 사는 건 받는 인상이 전혀 다르다.

나는 알았다며 고개를 끄덕이고, 조금 전부터 나를 걱정스러운 듯이 보고 있는 타케시한테도 의견을 구했다.

"타케시는 어떻게 생각해?"

"……내 솔직한 의견을 말해도 괜찮겠나?"

오오, 엄청 진지한 얼굴이다.

나를 진심으로 걱정해 주고 있다는 걸 알 수 있다.

나는 정말로 좋은 친구를 뒀다.

"부탁이야. 생각한 걸 뭐든 말해 줘!"

"알았다. 내가 생각건대 히로미치, 너한테 부족한 건 바로, 테스토스테론일세!"

……네?

"테스토스테론이란 근육을 증대시켜 남자다운 몸으로 만들어 주는 남성 호르몬이지. 그리고 테스토스테론은 육체뿐만 아니라 정신에도 작용하여 행동력이나 결단력의 원천이 된다. 까닭에 이게 저하되면 스스로에게 자신감이 없어지지. 히로미치가 그렇게 꾸물꾸물 고민하고 있는 건 그게 원인! 그렇다면 해결 방법은 단 하나! 근육 트레이닝일세! 근육을 늘리면 테스토스테론도 늘어난다! 근육은 모든 것을 해결한다! 자, 고민 따위 던져 버리고 조니여, 덤벨을 들어라!"

응. 타케시(근육)한테 연애 상담을 한 내가 잘못이었다.

"그래도 말이야, 히로. 그 둘 정말로 닮지 않았어?"
"아아, 나도 그렇게 생각해. 깜짝 놀랄 정도지."
"아니, 그건 가벼워 히로. 그 인식은 너무 가볍대도. 나도 처음엔 많이 닮은 사람도 있는 법이구나 하고 생각했는데, 조금 자세하게 보면 파츠의 세세한 부분이나 체형까지 판박이라고. 솔직히 무관한 타인끼리 서로 닮았다는 수준이 아니야. 어쩌면 그 두 사람은——"

토모에가 그렇게 뭔가 쭈뼛쭈뼛 말을 꺼내려 했던 그때였다.

"아, 히로미치 씨다~."
"시, 시구레?!"

화제의 중심인물이 우리가 있는 테이블로 다가왔다.

"뭘 그렇게 놀라시는 건가요? 서로 옆자리잖아요. 어디 보자, 그쪽 분은 분명 같은 반인 와카바야시 씨죠?"
"이름을 말한 기억은 없는데, 잘 알고 있네."
"유명한걸요. 반 여자들이 전부 자랑하고 있었어요. 저런 멋진 남자는 슈에이칸에도 없지? 라면서. ……아, 그쪽의 커다란 사람은 처음 뵙네요. 이름을 여쭤봐도 괜찮을까요?"
"나, 나 말인가?!"

시구레의 지명에 타케시는 의자에서 벌떡 일어섰다.
이 녀석은 남성 호르몬이 과잉인 탓인지 나 이상으로 여자한테 민감하다.

"나는 보통과 2학년인 타케다 타케시일세! 자, 잘 부탁하네!"

"오늘 전학 온 특진과 2학년 사토 시구레예요. 저야말로 잘 부탁드립니다."

"~~~~~흡!"

방긋 웃으며 내숭 가득한 미소로 인사를 건네는 시구레를 보고, 타케시는 콧김이 거칠어졌다.

그리고 옆에 있는 토모에한테 귓속말을 했다.

"이, 이봐, 토모에. 이 애, 내 이름을 물어봤다고! 이, 이건 역시, 나, 나한테 마음이 있다는 거로군!"

"무슨 이상한 말을 하는 거야, 이 단백질."

"아, 여러분 식사 중이셨군요. 죄송해요, 방해해 버려서."

"괜찮아, 괜찮아. 시구레 쨩도 점심? 괜찮다면 같이 앉을래?"

토모에는 그렇게 말하고는 4인용 테이블의 마지막 한자리를 가리켰다.

내게 시구레한테 협력을 구할 기회를 만들어 주려는 것일지도 모른다.

하지만 이 권유에 시구레는 고개를 가로젓고는 말했다.

"아뇨. 실은 사람을 찾고 있어서요. 아아, 그렇지. 타케다 씨는 보통과 2학년이시죠. 그렇다면 마침 여쭙고 싶은데요, 사이카와 하루카라는 여학생을 모르시나요?"

"시구레!!!!"

순간, 커다란 목소리가 시구레를 불렀다. 그건 내가 잘 아는, 내가 정말 좋아하는 목소리였다.

설마――

반사적으로 부정하고 싶어졌지만, 틀림없었다.

목소리가 난 쪽으로 시선을 향하니, 그곳에는 땀을 흘리며 숨을 헐떡이는 내 연인·사이카와 하루카의 모습이 있었고――

"하아, 하아! 시, 시구레, 정말로, 시구레야?!"

"……언니."

"~~!! 시구레에~~!! 아아아, 흐아아아아아아앙~~~!!!!"

하루카는 시구레한테 안겨들었다.

부둥켜안다시피. 있는 힘껏.

그리고 소리 높여 엉엉 흐느껴 울었다.

나는 그런 연인의 모습을 그저 혼란 속에서 바라봤다.

아니, 그도 그럴 것이,

어째서 하루카가 시구레를 알고 있지?

아니, 그 이전에,

지금 시구레는 하루카를 뭐라고 불렀지?

언니. 언니라고, 부르지 않았던가……?!

혼란에 빠져 멍하게 서 있는 나.

시구레는 그런 내게 힐끔 시선을 향하고는 말했다.

"아아, 죄송해요. 아무런 설명을 안 드려서. 뭐, 얼굴을 보시면 아실지도 모르겠지만 실은 저와 언니…… 하루카는 예전 부모님이 이혼했을 때 떨어져서 살게 된 쌍둥이 자매예요."

* * *

"흑, 미안해. 얼굴을 보자마자 갑자기 흐트러져 버려서……."

"아냐, 괜찮아. 그래도 깜짝 놀랐어. 나랑 쏙 빼닮은 학생이 있다는 말을 듣고, 혹시나 해서 찾고 있었는데, 정말로 언니였구나."

"나도, 나랑 닮았다는 전학생 소문을 듣고, 시구레일지도 모른다는 생각에 찾아다녔더니 정말로 시구레라서, 이야기하고 싶은 거 잔뜩, 흑, 있었는데, 시구레 얼굴을 봤더니 그만, 가슴속이 먹먹해져서, 흐으으윽~~~~!"

"이제 울지 마, 언니. 언니는 커도 여전히 울보네."

"……시구레, ……건강해서 다행이야아."

"응. 나도 언니가 건강해 보여서 기뻐."

사이좋게 포옹을 나누는── 자매.

어릴 적 부모님의 이혼이라는 파국에, 일방적으로 갈라진 인연.

그것이 지금 기적적으로 다시 만나게 된 것이다.

이야, 정말로 아름답다. 아름다운 광경이다.

생각지도 못한 말에 경악하여 눈이 돌아가 있었으니까 그다지 보이지 않았지만 말이지!

"자…… 그럼, 가족끼리의 오붓한 시간을 방해하면 미안하니 나는 이쯤에서 실례할까. 타케시도 가자. 그럼 나중에 보자, 히로. 건강해라."

"잠깐. 잠깐 기다려. 부탁이니까 날 혼자 두지 마. 너 같은 미남 친구 캐릭터는 곤란에 빠진 주인공한테 뽐내는 듯한 얼굴로 조언하기 위해서 존재하는 캐릭터잖아! 이런 상황에 나는 어쩌면 좋은 거야?! 여자친구와 판박이인 여동생이 생겼다 싶더니만, 그 여동생이 여자친구의 여동생이기도 했던 오빠는, 앞으로 어떤 식으로 두 사람과 접하면 좋냐고?!"

"나라고 어떻게 알겠냐! 미남 친구 캐릭터한테도 다룰 수 있는 문제의 한도라는 게 있어. 주인공이라면 주인공답게 자신의 힘으로 어떻게든 하라고. 이런 질척질척한 진흙투성이 같은 인간관계에 나를 끌어들이려 하지 마!"

"웃기지 마, 역할은 제대로 완수해. 야, 타케시, 너도 뭔가 말해 줘!"

"으음――. 많이 닮은 두 사람일세. 마치 쌍둥이 같군."

"이 자식, 상황을 이해 못 하고 있구만?!"

"어라?! 혹시, 히, 히로미치 군?!"

여자끼리의 아름다운 광경 옆에서 남자들이 작은 목소리로 옥신각신하며 서로의 발목을 붙잡고 늘어지고 있었더니, 지금까지 시구레밖에 비추고 있지 않았던 하루카의 눈동자가 나를 포착했다.

"아, 안녕."

"싫다, 나도 참. 히로미치 군 앞에서 이런 못난 얼굴, ……보, 보지 말아 줘."

우는 얼굴을 보인 게 부끄러운 것이리라.

하루카는 얼굴이 확 빨개지더니 시구레 뒤에 숨었다.

귀여워(현실도피).

"언니, 히로미치 씨와 아는 사이야?"

"으, 응. 아는 사이, 라고 할지…… 연인, 입니다."

"엑."

뭔가 시구레의 입에서 엄청난 소리가 나왔다.

목 졸려 죽어가는 닭 같은.

"어라? 그러는 시구레는 어째서 히로미치 군을 알고 있는 거야?"

그리고 마침내 킬러 패스가 왔다!

결정적이고, 치명적인 질문이다.

만약 지금 시구레가 그 심보 고약한 미소를 띠고 있다면, 나는……!

"……나도 특진과니까, 히로미치 씨랑 같은 반이야."
"헤에, 시구레도 특진과구나! 대단하네~. 옛날부터 머리 좋았지!"

어……?
시구레 녀석, 지금 얼버무려 준 건가?

"죄송해요. 자매 둘이서 쌓인 이야기도 좀 있으니 언니 빌려 갈게요."
"히로미치 군, 고마워. ……오늘은 약속 취소해버려서 미안해."
"아, 괘…… 괜찮아. 사정이 사정이니까……."
"고마워. 오늘 약속은 나중에 꼭 메꿀 테니까!"

둘은 손을 흔들며 식당 안으로 들어갔다.
안에서 식사를 하며 이야기할 생각이겠지.
그걸 지켜본 뒤, 나는 긴장에서 해방된 반동으로 허릿심이 빠진 것처럼 의자에 몸을 기댔다.

"하, 한때는 어찌 되나 싶었네……."
"그러게. 하지만 잘 눈치채고 말을 맞춰 줬어. 역시 머리 좋네, 저 애. 게다가 히로가 말하는 만큼 나쁜 애도 아니야. 넘어서는 안 될 선을 똑바로 분별하고 있어."

"……그래."

"저만큼 이해력이 좋다면, 앞으로도 분위기를 잘 파악하고 너와는 거리를 둬 줄 것 같은데. 협력해 달라고 하면 그럭저럭 한동안 숨기는 것도 가능하지 않을까?"

"………………, 응."

솔직히, 시구레한테는 도움을 받았다.

어제오늘 그만큼 놀림을 당했기에 나한테 자기와 쏙 빼닮은 연인이 있다는 걸 알게 되면 무진장 장난쳐 댈 게 100% 틀림없다고 생각했는데, 아무래도 그렇게까지 질 나쁘게 건드리는 애는 아니었던 모양이다.

다행이다.

그건, 다행이야.

——그저,

안도 후에, 영 꺼림칙한 진흙 같은 것이 가슴에 막혀 있다.

뭐든지 솔직하게 이야기하는 게 성실함은 아니다.

토모에의 말은 잘 이해된다.

솔직하다는 건 때로는 자기만족에 불과할지도 모른다.

하지만――

하루카(여자친구)에게 거짓말을 하고,

시구레(여동생)한테 거짓말을 하게 만들고,

……정말 그걸로 괜찮은 걸까.

남자친구로서, 오빠로서, 정말로…….

연인에게도 여동생에게도 불성실한, 이도 저도 아닌 불편한 기분.

그게 아니면 이걸 숨기고 감추는 것이야말로 남자의 주변머리라는 것일까.

나로서는 도저히, 알 수 없었다.

カノジョの妹とキスをした

I kissed My Girlfriend's Little Sister

귀가 종례가 끝난 뒤, 시구레가 방과 후에 하루카와 차를 마시고 오겠다고 귀엣말을 전했다.

두 사람이 떨어져 살게 된 것이 언제인지는 모르지만, 내가 하루카와 처음 만난 초등학교 4학년 방과후 학교 때는 이미 하루카는 혼자였을 터다.

자매가 있었다면 같은 방과후 학교에 맡겨졌을 테고 말이지.

아무리 짧아도 7년.

자매가 7년 만에 재회하는 거라면, 하루나 이틀로는 이루 다하지 못할 이야기도 많을 것이다.

저녁 식사 때까지는 돌아오겠다고 말하는 시구레한테 알았다고 대꾸한 뒤, 나는 오랜만에 남자애들과 하교했다.

그리고 집으로 돌아와서는 가볍게 세수한 뒤 자습을 시작했다.

일과니까, 라는 것도 있지만, 점심때부터 줄곧 가슴에 막혀 있는 처리할 수 없는 감정에서 도망치고 싶었다.

말인즉, 연인으로서, 오빠로서 정말 이걸로 괜찮은 것인지 아닌지.

"……아니, 괜찮고 뭐고 간에 이것 말고는 방법이 없잖아."

혼자 푸념한다.

토모에 말이 맞다.

지금 하루카한테 모든 것을 있는 그대로 말해 봤자 편해지는 건 나뿐이다.

하루카한테만 부담을 강요하는 어리광부리는 행위.

하루카를 소중하게 생각한다면, 비밀로 하고 숨김으로써 생기는 떳떳지 못한 감정은 연인인 내가 짊어져야만 하는 것.

시구레한테 거짓말을 하게 만든 것에 관해서도, 애초에 우리 부모님이 재혼한 것을 비밀로 하자는 말을 꺼낸 건 다름 아닌 시구레 쪽이다.

내가 거짓말을 하게 만든 것은 아니다. 아닐 것이다.

"그렇긴 한데 말이지……."

어떻게 현실 해석을 바꾸어도 마음속의 떨떠름한 기분이 걷히지 않는다.

공부에 집중하려 해도 그 기분 나쁜 느낌에서 도망칠 수는 없었다.

그건 처음 겪는 경험이었다.

이윽고 책상 앞에 앉아 있을 마음도 사라져, 창문으로 비쳐 들어오는 저녁놀에 붉게 물든 천장을 멍하게 바라봤다.

마음이 다른 곳에 가 있다.

시구레의 귀가도 늦어질 테고, 저녁 준비라도 해 둘까?

그런 생각이 뇌리를 스쳤지만, 어젯밤에 부엌에는 자기가 서겠다고 한 시구레의 말을 떠올리고는 그걸 무시했다가 괜한 부담감을 주지 않을까 하는 생각이 들어 그만뒀다.

이상한 오지랖이다.

스스로도 뭘 쓸데없는 생각을 하는 건가 싶지만, 달리 뾰족한 생각이 떠오르지도 않는다.

그렇게 머릿속으로 시시한 생각을 하는 사이에 해는 저물고, 시구레가 집에 돌아왔다.

"다녀왔습니다~."

"……어서 와. 빨리 왔네. 철석같이 하루카랑 저녁 정도는 먹고 올 거라고 생각했어."

"오빠하고 약속했으니까요. 요리는 제가 하겠다고."

"딱히 신경 쓰지 않아도 괜찮았는데."

"신경 쓴다고요. 오빠는 그런 아무래도 좋은 부분에서 쓸데없이 완고할 것 같고 말이죠."

"윽……."

고작 하루 만에 이렇게까지 날 꿰뚫어 보는 건 시구레의 통찰력이 대단한 것일까, 아니면 나라는 인간이 그만큼 얄팍하다는 것일까. 후자라면 엄청나게 침울하다.

"곧바로 저녁 준비할 테니까 조금 기다려 주세요. 뭐, 된장국이 아직 남아 있으니까 반찬 하나 만드는 것뿐이지만요."

시구레는 그렇게 말하고는 손을 씻고 냉장고에서 랩으로 싼 그릇을 꺼냈다.

안에 든 건 생강 간장에 절인 돼지고기.

아마 아침에 밑 준비를 끝내 둔 것이리라.

역시, 냉장고 안에 무엇이 있는지조차 파악하지 못한 내가 부엌에 선다는 건 주제넘은 이야기였다.

나는 저녁 준비를 시구레에게 전부 맡기기로 했다.

하지만 그렇게 되면, 할 일이 없어 무료하다.

혼자라면 멍하게 시간을 낭비하는 것도 신경 쓰이지 않지만, 같은 방에 또 한 사람, 게다가 일하는 사람이 있으면 멍하게 시간을 보내는 것도 기분이 거북해진다.

깨닫고 보니 나는 시구레한테 말을 걸고 있었다.

물론 화제는 오늘 있었던 일에 관해서——

“……하루카하고 쌍둥이 자매였구나. 어쩐지 쏙 빼닮았더라니.”

“네에, 뭐어……. 초등학교에 올라갔을 무렵이었을까요. 어머니가 친아버지랑 헤어지고, 영문도 모른 채 떨어져 살게 된 난 이후로 얼굴도 보지 못했지만 말이에요.”

그렇게 되면, 약 10년 만의 재회가 되는 건가.

그야 하루카도 큰 소리로 울 만하다.

“그럼 시구레도 옛날에는 이 근방에 살고 있었구나.”

“네. 그래서 이 마을에 돌아오게 되었을 때, 어쩌면 언니를 만날 수 있을지도 모른다고 기대했어요. 기대했기 때문에, 예정을 1년 앞당겨서 저만 먼저 이사한 거예요.”

“어? 그랬어?”

“네. 어머니는 저도 미국에 데리고 갈 생각이었어요. 제 성적이라면 유학도 문제없으니까요. 하지만, 언니를 만나고 싶었으니까, 저는 어머니의 반대를 무릅쓰고 이 집에 1년 빨리 왔어요. ……그걸 위해서, 언니랑 떨어지게 된 건 어머니 때문이라고, 제법 치사한 말도 했구요.”

시구레의 목소리 톤이 조금 낮아졌다.

그걸 후회하고 있는 것일지도 모른다.

하지만 그건 수단을 선택하지 않을 정도로 시구레가 하루카를 만나고 싶었다는 말이기도 하다.

"……하루카하고 하고 싶은 이야기는 다 이야기했어?"

"네. 떨어져서 살게 된 후의 일. 언니에 관한 것. 아버지에 대해서. 여러 가지요."

"그렇구나. 잘됐네."

"그래도 언니가 제일 화제로 삼은 건 오빠 얘기였지만요."

"나, 나 말이야?!"

"네에, 네에, 그건 뭐 아주 단팥에 꿀을 뿌린 것처럼 다디단 남친 자랑을 줄곧 듣고 있었다고요. 솔직히 속이 막 쓰린 거 있죠, 저."

하루카가 내, 내 자랑을?!

게다가 속이 막 쓰려질 정도로?!

장난 아니잖아, 그거 엄청나게 알고 싶어!

"차, 참고로 하루카는 어떤 식으로 내 얘기를 했는데?"

"그건 말해드릴 수 없겠네요~. 소녀의 비밀이에요."

"크읏, 500엔으로 타협하지 않겠어?"
"아하☆ 본인의 입에서 듣는 걸 기대하고 있어 주세요."

매수 실패. 정말로 원통하다.

"그래도 오빠, 언니와 사귀고 계셨군요. 깜짝 놀랐어요. 제 주위에 이렇게나 인정사정없는 관계도가 그려져 있었다니. 하지만 그걸로 겨우 납득이 갔어요."
"납득?"
"그도 그럴 것이 오빠, 처음 만났을 때부터 이상한 눈으로 절 보고 있었는걸요. 제 귀여움에 넋을 잃은 것도, 원숭이처럼 성욕으로 눈에 핏발이 선 것도, 쓸데없이 폼 잡으면서 점잔 빼는 것도 아닌. ──어딘가 난처해하는 느낌의 눈."
"……그런 거, 아는 법이야?"
"어느 정도는요. 솔직히 실례인 이야기죠~. 이런 미소녀와 같이 살 수 있다고 하는데도."
"자기 입으로 말하는 거냐, 그거."
"오늘 아침의 키스도 저로서는 서비스해 드리려는 생각이었다고요? 그런데도 진심으로 괴로운 듯한 표정을 짓고 계셨는걸요. 그거 꽤 상처받았어요."

그런가. 그래서 도중에 멈춰 준 거군.

"……뭐, 그래도 이유를 알게 되니 납득했어요. 그야 어찌 대해야 할지 난처하겠죠. 여자친구랑 판박이인 여동생 같은 건. 그런 거라면 빨리 말해 주셨다면 좋았을 텐데."

"아니, 뭔가 알려줬다간 재미있어하면서 엉망진창으로 놀려 댔을 것 같은 느낌이 들어서."

"실례네요. 오빠는 저를 뭐라고 생각하고 계신 건가요. 저한테도 해도 괜찮은 것과 안 되는 것의 분별 정도는 있다고요."

응. 지금은, 그렇게 생각한다.

시구레는 그렇게 못된 애가 아니다.

남이 정말로 싫어하는 일이나 곤란해하는 짓은 하지 않는다.

'애교 섞인 장난'으로 그치는 범위를 분명하게 구분하고 있다.

"오빠의 사정은 잘 알았어요. 언니와 연인이라고 한다면, 확실히 어제나 오늘 아침 같은 일은 좋지 않네요. 난처하게 만들어서 죄송해요. 더는 하지 않을게요."

연인과 생이별했던 쌍둥이 여동생과 동거.

그건 마치 아주 조금 충격을 가하면 폭발하는 폭탄과 같아서.

그 위태로움에도 이해를 나타내 준다.

“당황하는 오빠를 보는 건 즐거웠지만요, ……언니의 소중한 사람이라면 자칫 잘못 유혹해서 그럴 마음이 들게 했다가는 곤란하니까 말이죠. 언니를 슬프게 만드는 짓은 하고 싶지 않고요. 이제부터는 학교에서는 물론이지만, 사생활에서도 거리를 두도록 할게요.”

“거리를 둬?”

“네. 그다지 관계를 맺지 않도록. 아아, 물론 같이 살고 있다는 걸 숨기는 데는 저도 전력으로 협력할게요. 그러네요, 아무리 못해도 1년 뒤에 어머니와 아버지가 돌아오실 때까지는 숨기는 편이 좋다고 생각해요. 둘이서 협력하면 그 정도는 어떻게든 되겠죠.”

시구레는 그렇게 말하고는 내게 미소를 지어 보였다.

그건 그 소악마 같은 짓궂은 미소가 아니다.

상냥해 보이는, ……하지만, 어딘가 쓸쓸해 보이는 미소로,

© Sabamizore

'저 줄곧 연상의 형제를 가지고 싶었어요.'

……아아, 그렇군.

지금 알았다.

하루카에게 숨기는 것 말고는 고를 수 있는 선택지가 없음을 알고 있음에도 불구하고, 어째서 마음속의 답답함이 언제까지고 걷히지 않았던 것인지.

나는 그것 말고는 고를 수 없는 정도로밖에 하루카와 깊은 관계를 맺지 못한 자신이 한심한 것이다.

그야 그렇다.

숨기는 짓 따위 하지 않는 게 당연히 더 좋다.

시구레의 존재를 밝혀도 흔들리지 않는 인연을 맺고만 있었다면, 아무런 문제가 없던 것이다.

하지만 최선인 그 길은 선택하지 못했다.

그건 내 모자람이 초래한 문제다.

그런데도, 나는 자신의 모자람을 그대로 둔 채 여동생한테 더욱더 기대려 하고 있다.

이런…… 시구레한테는 어울리지 않는 마음 쓰는 듯한 미소를 띠게 만들고.

그걸로 괜찮은 거냐. 연인으로서, 오빠로서.

──괜찮을 리가, 없다.

순간, 나는 일어나서 시구레의 곁으로 가 말했다.

"시구레, 너무 나를 만만하게 보지 마."

"……네?"

"확실히 하루카한테 비밀로 해준 건 고마워. 하지만 그 이상은 쓸데없는 오지랖이야. 애초에 누가 진심이 된다고? 너 같은 성미 고약한 애가 무슨 짓을 한들, 하루카를 향한 내 마음이 어떻게 될 리 없잖아. 주제를 파악하라는 말이다. 너한테 얼마나 놀림을 당하든, 오늘 아침처럼 유혹당하든 상관없어. 내 가장 소중한 연인은 하루카고, 내 가장 소중한 여동생은 시구레야. 그게 변할 일 따위 없어. 절대로."

"……!"

"그러니까 너는 쓸데없이 이것저것 생각하지 말고 마음껏 어리광부리면 돼. 그 정도는 받아들여 줄게. 나는 이제 네 오빠니까."

나는 아마도 지금 내 묫자리를 스스로 파고 있다. 그것도 엄청나게 깊은 녀석을.

하지만 이걸로 괜찮다. 이게 좋다.

연인으로서 모자란 면.

오빠로서 모자란 면.

둘 다 최근에 막 된 참이다. 다소 모자란 면이 있는 건 어쩔 수 없다.

하지만 그 대가를 하루카나 시구레에게 떠넘기면서 언제까지고 어쩔 수 없다는 말로 끝내서는 안 된다.

연인으로서 못난 면도, 오빠로서 못난 면도 나 자신의 힘으로 조금씩 극복해 나가자.

하루라도 빨리, ──하루카에게 진실을 이야기할 수 있도록.

아마 그것이, 내가 지금 고를 수 있는 가장 제대로 된 답이라고 생각하니까.

그걸 깨달았을 때 내 마음속의 답답함은 그제야 가셨고,

"……후후, 아하핫. 아하하핫!"

시구레의 얼굴에도 그 미소가 되돌아왔다.

하루카와는 도저히 닮지 않은 심보 고약한 미소가.

"뭐가 웃긴 거야."

"아뇨아뇨. 그게 아니라, 목욕 타월을 두른 제 모습을 보고는 패닉에 빠져 캐미솔 끈조차 알아차리지 못하는 이성 내성 제로인 허접쓰레기 민달팽이 주제에, 제법 건방

지게 폼 잡는 거 아닌가요. 오빠~.”

으윽.

“그건 예상치 못한 불의타였으니까……! 지금은 이미 네 본성은 알고 있다고! 두 번 다시 같은 수법에는 당하지 않아!”

“아핫☆ 어떨는지. ………………그래도.”

“……?!”

순간, 숨이 멎었다.

시구레가 내 등에 팔을 감고 안겨들었으니까.

그리고 시구레는 내 가슴에 얼굴을 묻고는 이렇게 말했다.

“언니가 오빠를 좋아하게 된 이유, 지금 약간 안 것 같은 느낌이 들어요.”

“시, 시구레……?!”

“여유 따위 요만큼도 없는 주제에, 저를 위해 힘내 주시는 거네요. 그런 점도 멋지다고 생각해요. ……나도 노려볼까나~. 오빠를.”

“뭐, 뭐어?!”

"그 왜, 저희는 쌍둥이고, 언니를 좋아한다면 저도 좋아하게 될 수 있을 거라고 생각하거든요. 제 쪽은 이미 오빠를 꽤 좋아하고 말이에요. 어때요, 오빠. 저하고 바람피워 보지 않으실래요?"

이, 이이이, 이 녀석, 갑자기 무슨 말을――

"농담이랍니다~. 진심으로 받아들이셨어요?"
"크으으윽~~~~~~!!"
"아하핫! 얼굴 새빨개! 정말~, 홀랑 속아 넘어가서 진심이 되고서는. 진보가 없는 사람이네요~, 오빠는."

내 품속에서 이히히 웃는 시구레.
젠장! 알고 있었어! 이런 거겠지, 하고는 생각했다고!
하지만 안겨든 상태에서 저런 말을 들으면, 어떻게 해도 얼굴이 뜨거워지고 만다.

"괜찮은 건가요~? 그런 상태로 제 마음껏 어리광부려도 된다는 말을 해버려서. 의외라고 생각될지도 모르지만, 저 제법 성격 짓궂거든요?"
"의외도 뭣도 아니야. 즐거워 보이는 표정 짓고서 말이지."

"한 번 내뱉은 말은 주워 담을 수 없다고요?"

시구레의 가느다란 손가락이 내 넥타이를 확 잡아당겼다.

도발적인 미소를 띤 시구레의 얼굴이 숨결이 닿을 정도의 거리로 다가온다.

하루카와도 이렇게나 얼굴을 가까이 댄 적은 없다.

나는 속수무책으로 두근거리고 말았지만, 최대한 허세를 부렸다.

"……남자한테 두 말은 없어. 건방진 여동생이 얼마나 장난을 친들, 내 포용력으로 받아들여서 오빠의 위대함을 깨닫게 해주지."

그 말을 듣자, 시구레는 만족했는지 나한테서 몸을 뗐다.

"뭐, 그래도 학교에서는 삼가도록 할게요. 남매라는 건 비밀이고, 언니를 슬프게 만들고 싶지 않으니까요. 단, 이 집 안에서는 오빠는 저의, 저만의 오빠예요. 엄청 장난 칠 테니까, 귀여운 여동생의 어리광을 잔뜩 받아 주셔야 해요♡"

오른쪽 입꼬리를 손가락으로 벌려 하얗게 빛나는 송곳니를 드러내 보이는 시구레.

마치 이 이빨로 물어 주겠다고 말하려는 것만 같이.

……응. 역시 나는 쓸데없는 말을 한 것이리라.

그건 이제 틀림없다.

하지만 그건 정말이지, 내가 바라던 바이기도 했다.

“아, 커튼 사는 거 깜박했다.”

カノジョの妹とキスをした

I kissed My Girlfriend's Little Sister ❤

여자친구와 쏙 빼닮은 여동생이 생기고 나서 며칠이 지났다.

시구레는 탁월한 커뮤니케이션 능력으로 눈 깜짝할 사이에 특진 클래스에 녹아들어 있었다.

멀리서 보고 있으면 알게 되는데, 시구레는 남들과 적절한 거리를 매우 잘 유지한다.

어느 쉬는 시간에든, 어딘가의 그룹 속에 있으며 결코 고립되지 않는다.

한편으로 자기가 중심이 되는 경우도 없고, 지극히 중립적인 위치를 유지하며 지나친 호의도 신참에 대한 반감도 사지 않도록 움직이고 있다.

토모에가 말했던 대로다.

자신의 전력을 정확하게 분석하여 주위를 컨트롤한다.

그것이 시구레의 처세술인 것이다.

정말로 능숙하다.

한편, 우리 남매의 관계도 양호하게 변해 가고 있었다.

여자친구와 판박이인 눈앞에 있는 여동생이라는

존재와 어떻게 마주 볼 것인가. 그에 대한 일단의 방침이라고 할지, 시구레를 받아들일 각오가 내 안에 생겨난 덕분이다.

지금에 와서는 평소에 시구레를 대하는 태도에서도 쑥스러움이 사라진 상태다.

하루카와 사귀기 전에는 여자와 제대로 이야기를 한 적도 없었는데.

인간은 필요성을 느끼면 싫어도 순응하는 법임을 절실히 실감한다.

그렇기는 하지만, ……역시 이성임을 의식시키는 장난에는 익숙해지지 않는다.

그것도 연인과 외모가 판박이라는 게 특히나 더 성가시다.

안 된다는 걸 알면서도, 이따금 시구레한테 하루카의 모습을 겹쳐 보고 만다.

그래서 시구레한테는 몇 번이고 그만두라고 말했지만 '마음껏 어리광부려도 되는 거죠?'라며 듣지를 않는다. 무심코 줘 버린 면죄부를 이용하며 제멋대로 행동한다.

그럴 때마다 나는 자신의 경솔함을 저주한다.

저주하지만, 진심으로 즐거워 보이는 시구레의 얼굴을 보면 뭐, 괜찮나 하는 기분이 들고 마는 점이 내가 봐도 참 너무 상냥한 오빠라고 생각한다. 정말로.

그리고 시구레가 오고 나서 처음 맞이하는 주말.

그날 나와 시구레는 점심부터 가전제품 판매점에 가서 시구레가 꼭 갖고 싶다고 말했던 오븐레인지(우리 집에는 평범한 전자레인지밖에 없었다)를 구입.

배송 준비를 맡긴 뒤 그 길로 슈퍼마켓에서 대량의 식재료를 사들이고, 저녁쯤에 집으로 돌아왔다.

"무~거~워~. 오빠~, 연약한 여동생한테 이런 많은 짐을 들게 하다니, 악마인가요. 조금은 도와주세요~."

"물이랑 생선에 고기, 그리고 쌀까지 내가 들고 있잖아. 야채 정도는 들라고."

"최소한 호박만이라도."

"최소한이라면서 제일 무거운 걸 이쪽에 넘기지 말라고. 애초에 네가 특매라고 해서 콜라를 네 개나 사니까, 내 손이 하나 꽉 차 있는 거잖아."

"히잉히잉~."

어울리지도 않는 가냘픈 울음소리를 무시하며, 나는 맨션의 철골 계단을 올라갔다.

비 때문에 삭아서 곳곳에 구멍이 뚫린 철판이 평소 이상으로 삐걱거렸다.

빠지거나 하지는 않겠지…….

흠칫흠칫하며 올라가, 우리 둘은 집에 도착했다.

“다녀왔습니다.”

“다녀왔습니다~. 아~ 지쳤다~.”

그러고 보니 어느샌가 집에 돌아왔을 때 다녀왔다는 인사를 하게 되었다.

지금처럼 집 안에 아무도 없더라도, 다.

혼자서 살고 있을 때는 그런 일이 없었는데 말이지.

그런 별것 아닌 일에 감개를 느끼며, 나는 현관에 쓰러져 있는 시구레를 내버려 두고는 집 안으로 들어가, 대량으로 끌어안은 물자를 부엌 옆에 내렸다.

“그럼 곧바로 날것부터 냉장고에 넣어 버릴까.”

“아뇨아뇨아뇨, 잠깐 기다려 주세요, 오빠. 무슨 짓을 할 생각인가요?!”

순간, 조금 전까지 현관에서 쓰러져 있던 시구레가 벌떡 일어나 황급히 뛰어왔다.

"무슨 짓이라니, 그러니까 사 온 걸 냉장고에 넣으려고——"

"집에 돌아오면 우선 손을 씻는다! 다섯 살 꼬맹이도 아는 상식이잖아요!"

"아아, 뭐야. 그런 건가. 시구레는 예민하네——."

"……하?"

엥. 뭐야, 그 낮은 목소리. 무서워.

너 그런 목소리도 낼 수 있었어?

"그럼 여쭙겠는데요, 오빠는 오늘 밖에서 한 번도 자지 위치를 고치지 않았나요?"

"잣?! ——너, 너는 또 그런."

"오빠. 저는 지금 진지한 이야기를 하고 있어요. 어떤가요."

"아, 안 고쳤어."

진지한 톤에 진지한 얼굴.

거기에 압도된 나는 질문에 대답하고 말았다.

"정말인가요? 무의식중에 고치지 않았나요? 오늘은 아직 5월 말인데도 제법 더웠죠. 그런 날에 오빠의 복장은 청바지였어요. 땀이 꽤 찼을 텐데요? 땀이 차 눅눅해지는 바람에 불쾌한 느낌이 들어 제 시선이 다른 곳으로 간 순간에 무심코. ──그런 일이 없었다고 단언할 수 있나요?"

"윽, 그건."

모르겠다.

기억하고 있는 한에서는 없다는 건 분명하지만, 어쩌면 나 자신이 의식하지 못한 사이에 고쳤을지도 모른다.

남자한테 그건 호흡 같은 것이니까.

"만약 한 번이라도 고쳤다면, 그런 손으로 부엌을, 냉장고의 손잡이를 만지려 하다니, 이런 건 이미 나무랄 데 없는 생화학 테러예요. 저는 주방의 수호자로서 오빠의 테러리즘에 상응하는 철퇴를 내리겠죠. 그 점을 확인하고 나서 다시 한번 여쭙겠어요. 천지신명에게 맹세코, 할아버지의 이름을 걸고, 오빠의 안구를 걸고 정말로 자지 위치를 고치지 않았다고 단언할 수 있나요?"

"알았어! 알았다고! 먼저 씻으면 되잖아!"

내 안구에 무슨 짓을 할 생각이냐.

나는 시구레의 압력에서 도망치는 것처럼 싱크대로 가

흐르는 물에 손을 댔다.

“처음부터 순순히 그랬으면 되는 거예요. 손톱 밑 틈새까지 제대로 씻어야 해요?”
“너는 내 엄마냐.”
“모성애를 느껴 버리셨나요?”
“굳이 따지자면 할머니의 애정이려나.”
“에잇!”

손 세정제 거품을 내고 있었더니, 시구레가 엉덩이로 날 밀었다.

“바짝 들어가 주세요. 좁으니까요.”
“예이, 예이.”

탈의실조차 없는 이 집에는 세면대 같은 사치품은 없다.
손을 씻는 장소도 이를 닦는 장소도, 전부 이 싱크대인 것이다.
나는 옆으로 물러났고, 빈 장소에 시구레가 자리 잡았다.
그리고 물에 손을 적시고, 세정제를 손에 덜고자 용기 펌프를 눌렀다.

하지만 거기서 시구레는 “어라?”하고 고개를 갸웃했다.

그 뒤, 여러 번 용기 펌프를 푸쉬.

하지만 손에는 아주 극소량의 세정제밖에 떨어지지 않았다.

“다 떨어졌나.”

“네. 다 떨어진 모양이에요. 리필용 남아 있나요?”

“아── 아니. 그러고 보니 요전에 다 써 버렸어.”

“으으윽, 이 제가 무슨 미스를.”

“주방의 수호자가 들으면 기가 차겠군.”

“뿌우~. 뭐, 없는 건 어쩔 수 없네요. 오빠, 조금 빌릴게요.”

“응? 빌리다니 뭐르으아앗?!”

너무 놀란 나머지 내 목에서 이상한 목소리가 나왔다.

그, 그도 그럴 것이 어쩔 수가 없지 않은가.

여동생이라고는 해도, 갑자기 여자가 손을 잡으면 깜짝 놀라는 것은 당연하다.

“뭐, 뭐 하는 거야!”

“뭐라뇨, 오빠가 쓴 게 마지막 세정제였으니까 이렇게 같이 씻을 수밖에 없잖아요~.”

"더럽잖냐……."

"더럽지는 않죠. 지금 그야말로 살균하고 있으니까요. 어라, 혹시 오빠, 저한테 손을 잡혀서 부끄러워하고 있는 건가요? 안 된다고요. 언니라는 이쁜 여자친구가 있는데도."

히죽, 하며 시구레의 입가가 느슨해진다.

나를 괴롭히고 싶어서 어쩔 수가 없다고 말하는 것만 같은, 성미 고약한 얼굴.

그러면서도 진심으로 즐거워 보이는 얼굴.

내가 부끄러워하고 있는 걸 보며 즐기고 있는 것이다.

얕보지 말라고…….

"요전에 말했잖아. 너 같은 건 안중에 없다고. 손 정도 마음대로 써."

"그런가요~? 그럼 사양 않고♡"

"윽……."

미끌미끌하게 움직이는 하얀 손이 내 손을 어루만진다.

그 자극에 등줄기가 오싹오싹 떨렸지만, 그래도, 괜찮다.

하루카의 손을 잡았던 그때의 두근거림에 비하면 이런

건 별것 아니다.

"헤에? 제법 괜찮아 보이네요?"

"어지간히도 나를 깔봤군. 여자친구가 있는 남자는 이 정도 신체 접촉에 동요하지 않는다고. 손과 손을 맞대는 이런 소꿉장난은 말이다, 이미 일주일 전에 통과했어!"

"그건 또 엄청 최근 이야기네요. ……그래도 살짝 유감이에요. 조금 더 오빠의 약해 빠진 모습을 볼 수 있으려나 싶었는데 말이죠."

훗, 이겼다.

당하고만 사는 건 아니꼬우니까 말이지.

가끔은 이겨 두지 않으면.

"하지만, 이렇게 보니 역시 오빠도 남자군요."

"무슨 의미야?"

"손이에요. 손. 나란히 대 보니 알기 쉬워요. 제 손이랑 두께도 크게도 전혀 달라요. 보세요."

"뭐, 그거야 당연——"

"에잇."

"햐앗?!"

내가 방심하여 생긴 빈틈을 그야말로 순식간에 찌른 솜씨였다.

시구레는 나와 손바닥을 맞대 크기를 비교하는 자세에서, 다섯 손가락을 꾹 쥐는 움직임으로 내 손가락 사이에 자신의 손가락을 미끄러지듯 집어넣은 것이다.

세정제로 미끈거리는 다섯 손가락이 민감한 내 손가락 사이사이를 미끌미끌하게 간질인다.

근질거리는 듯한 그 자극에 참지 못하고 이상한 소리가 나왔다.

“아핫. 뭔가요, 오빠. 그 한심한 목소리. 귀여워라~, 오빠. 너무 귀여워서…… 뭔가, 조금 야해요.”

“~~~~크윽!”

내 한심한 반응에 시구레는 점점 더 우쭐거린다.

하얀 손가락이 뱀처럼 내 손에 휘감겨 온다.

그럴 때마다, 미끈. 쑤욱. 찌걱.

끈적끈적한 소리가 저녁놀로 붉게 물드는 정적에 울려 퍼진다.

“얼굴에서 여유가 사라지기 시작했네요. 후후, 이렇게 기분 좋은 걸 알아 버리면, 언니랑 손을 잡을 때마다 이 감촉이 되살아나는 건 아닐까요? 나쁜 남자친구분이네요~. 좋아하는 여자친구와 손을 잡고 있을 때, 쌍둥이 여동생을 생각한다니.”

“윽…….”

이건 위험하다……!

하고 있는 행동은 손을 씻는 것뿐인데, 엄청나게 야한 짓을 하고 있는 기분이 들기 시작했다!

시구레로 이런 감촉을 알아 버리면, 정말로 하루카와 손을 잡을 때마다 시구레를 떠올릴지도 모른다. 그건, 안 된다!

하지만, 그만두라고 말하려고 일단 입을 열면, 또 이상한 소리가 새어 나올 것만 같다.

그렇게 되면 또 웃음거리가 되고 만다.

젠장, 시구레는 어째서 저렇게 태연한 거지.

시구레도 맨손이라고. 같은 자극을 받고 있을 텐데.

……아니, 태연할 리가 없다.

사람의 피부 감도에 그렇게까지 큰 차이가 있을 리 없다.

간지러운 건 간지럽다. 누구라도 그럴 터.

내가 너무 방어적인 자세를 취하고 있는 게 잘못인 거다.

반전 공세.

공격적인 태세로 나가 주겠어.

새치름한 그 얼굴을 볼썽사납게 일그러뜨려 주마.

나는 그렇게 벼르고서는, 시구레의 손을 이쪽에서 꼭 맞잡아 줬다.

"앗."

지금이다! 어떤 꼴사나운 표정을 짓고 있는지, 뚫어지게 쳐다봐 주겠어……!

나는 시구레의 표정으로 시선을 향했고——

심장이, 크게 고동쳤다.

"~~~~크윽, 이, 이제 됐어!!"

"앗, 잠깐, 오빠?! 아직 손톱 밑을 씻지 않았어요!"

"내가 알아서 씻을게! 이제 거품은 충분히 옮겨졌으니까 됐잖아!"

"정말이지~, 그렇게 거품을 뚝뚝 흘리고선."

"나중에 닦을 테니까!"

© Sabamizore

나는 도망치다시피 부엌 옆 욕실로 뛰어들었다.
아니, 도망치다시피, 가 아니다.
나는 도망친 거다.
그도 그럴 것이, 나한테 손을 마주 잡힌 시구레의 얼굴이……,

나와 있을 때의, 행복해 보이는 하루카의 얼굴과 너무나도 닮았었으니까.

……심장 소리가, 시끄럽다.
불이 붙은 것처럼 몸이 뜨거워진다.
그 시구레를 본 순간, 내 안에서는 분명하게 나누어지고 있었던 하루카와 시구레의 존재가 뒤섞일 것만 같아졌다.
그리고 그건 일단 한번 뒤섞이면 두 번 다시 원래대로는 돌아가지 않는다. 그런 예감이 들었다.
나와 함께 보내는 시간, 나를 바라볼 때 어딘가 달뜬 기색으로 촉촉해지는 하루카의 눈동자.
그것과 판박이인 시구레의 조금 전 표정.

……어쩌면 혹시,

내 뇌리에 어처구니없을 정도로 자의식 과잉인 망상이

떠올랐다.

하지만 그것과 동시에, 손에 묻은 거품을 씻어내고자 욕실 수도꼭지에 손을 뻗은 내 시야에, 옆에 있는 비누가 들어왔다. …………어라, 이건,

"저기 말야. 지금 생각했는데, 욕실 비누를 쓰면 됐던 거 아니야?"

"아, 그게 있었네요. 몰랐어요. 죄송해요~."

"…………."

멋쩍게 미소 지으며 혀를 살짝 내밀고선 사과하는 시구레.

그 얼굴은 평소의 짓궂은 시구레다.

이 녀석, 100% 알아차리고 있었던 거겠지.

……나 참, 위험하다. 위험했어.

하마터면 동정 티가 그대로 나는 망상을 믿어 버릴 뻔한 참이었다.

주제를 모르는 것도 유분수지.

애초에 이 소악마가 그런 하루카 같은 표정을 지을 리가 없다.

왜냐면, 하루카의 그 표정은 분명,

나를 사랑해 주는 사람이기에 지을 수 있는 표정이니까.

조금 전에 본 건 분명 저녁놀이 보여준 환상이었던 것이리라.

분명, 그럴 게 틀림없다.

カノジョの妹とキスをした

I kissed My Girlfriend's Little Sister

제 8 화 뒤죽박죽×유니폼

그날, 집에 돌아오니 거실에 하루카가 있었다.

"하아아아아아아아아아아아아아아아?!?!?!"
"아. 히로미치 군. 실례하고 있습니다~."
"어, 어어어째서 하루카가 우리 집에에에에에?!?!?!"

너무나도 놀라운 일이라 내 머리는 순식간에 패닉에 빠졌다.
어째서 하루카가 여기에 있는 거지.
어떻게 하루카가 우리 집을 알고 있는 거지.
여러 의문이 단숨에 분출하여 눈이 핑핑 돌 것만 같았다.
어어어어어떻게 하면 좋지.
이, 일단 차라도 내서── 아니, 그럴 상황이냐?!
이건 혹시 나와 시구레에 관한 일도 들킨 건……, 응? 시구레?
잠깐.
설마, 하고 다시금 거실에 있는 하루카를 봤더니, 그녀는 히죽~, 하며 짓궂은 미소를 띤 채 깔깔 웃기 시작했다.

“아하! 아하하하하핫! 오빠, 반응 진짜 끝내주네요!”
“역시 너 시구레냐!”
“네, 오빠의 귀여운 여동생 시구레예요. 정말~, 오빠도 참 이쪽이 원하는 리액션으로 정확하게 반응해 주는걸요. 연예인 소질이 있네요.”
“진짜 좀 봐달라고…….”

몸의 힘이 빠져 참지 못하고 벽에 기댔다.
그렇다. 세이운 교복 차림이었기에 한순간 눈치채지 못했지만, 거실에 있던 건 세이운 교복을 입은 시구레였다.
정말로 깜짝 놀랐다. 심장이 세 개 정도는 찌부러졌다고.
아니, 그보다…….

“어째서 시구레가 그 교복을 입고 있는 거야. 샀어?”
“우리 집에 그런 여유가 있다고 생각하시나요?”
“그럼 어디서 가져온 거야, 그거.”
“언니랑 오늘 하루만 교환한 거예요. 슈에이칸 교복을 입어 보고 싶다고 하길래.”

시구레는 모양이 좋은 가슴을 쭉 펴며 대답했다.

셔츠를 안에 집어넣은 탓인지 평소보다 가슴이 커 보였다.

"게다가 저도 오빠의 반응을 보고 싶었고요(웃음)."

"……기대에 답해준 것 같아서 거참 다행이구만, 젠장."

"아하하. 뭐, 그리 화내지 말아 주세요. 오빠도 아주 싫은 건 아니잖아요?"

하? 아주 싫지는 않아?

"뭐가?"

"왜냐면 저랑 언니는 얼굴 생김새도, 체격도, 헤어스타일까지 똑같은 쌍둥이라고요. 그런 제가 언니의 옷을 입고 있다는 건, 이건 이미 집에 언니가 있는 거나 마찬가지 아닐까요!"

"자라가 달이 되려 하다니 뻔뻔한 것에도 정도가 있다고 생각하지 않냐?"*

"히로미치 군…… 안・아・줘♡"

"아앙?"

"잠깐, 눈 부릅뜬 채로 다가오지 말아요! 무서워, 무서워! 그 꽉 쥔 2B 연필로 저한테 뭘 할 생각인가요!? 죄송

---

* 천양지차를 의미하는 일본의 관용구인 자라와 달.

해요, 더는 안 할 테니까!"

나 참, 이 여동생은.

나는 충동적으로 꽉 쥐고 있던 2B 연필을 밥상에 올려 놓았다.

"아~, 무서웠다. 가벼운 농담이었는데 그렇게 정색하고 화내지 말아 주세요. 오빠는 유머를 이해 못 하는 사람이네요~."

"네 유머에 센스가 없는 거지."

"오빠 엄격해~."

"됐으니까 그거 갈아입어. 집안에서 교복은 덥잖아. 우리 집에는 에어컨도 없고."

"싫어요. 저도 입어 보고 싶었다고요. 조금만 더 만끽하게 해주세요. ……아, 그래. 모처럼이니 사진 찍어둬야지."

그렇게 말하고는 스마트폰을 꺼내는 시구레.

여자는 왜 이렇게나 셀카를 좋아하는 걸까. 그걸 인터넷에 올리거나 하고 말이지.

나는 자기 사진 같은 건 이 세상에 남기고 싶다고도 생각하지 않는다만.

"으음~, 뭔가 영 별로네요~. 오빠, 카메라맨 해주세요."
"어? 왜 내가."
"그치만 셀카로는 앵글이나 포즈 같은 게 제한되거든요. 몇 장인가 찍어 주시면 바로 갈아입을 테니까요. ……도리어 안 찍어 주면 오늘 하루는 이거 입은 채로 지내 버릴까나~? 집안이니까 좀 더 편하게 풀어 입는다든지."

치뜬 눈으로 나를 올려다보며, 일부러 그러는 티가 나게 교복 넥타이를 느슨하게 스륵 푸는 시구레.
크게 벌어진 목 부분에서 땀이 차 습해진 쇄골이 보였다.
이렇게 되면 이제 내게 선택의 여지는 없다.

"……알았어. 자, 스마트폰 이리 줘봐."
"네. 귀엽게 찍어 주세요. 나도 준비해야지~."

그렇게 말하고는 천천히 양말을 벗어 맨발이 되는 시구레.

"왜 양말을 벗냐."
"응? 맨발 쪽이 야한 사진처럼 찍히려나 싶어서요. 이렇게, 방과 후에 집에 놀러 온 여자친구 느낌이 나오잖아요. 살짝 좋은 분위기가 되면 그대로 자빠뜨릴 수 있을 것 같은 방심투성이인 느낌, 노리고 싶거든요. 무진장 흥분돼요."

그 기분, 이해된다.

……안 되지. 나도 모르게 마음속으로 격하게 동의하고 말았다.

무심코 목소리로 나오지 않아서 다행이군.

만약 입 밖에 냈다가는 분명 또 놀림당했을 것이다.

하루카의 교복을 입고 평소 같은 장난을 치면 도저히 버틸 수 없다.

생사와 연관되는 문제다.

갈아입게끔 하기 위해서도, 얼른 사진을 찍어 만족시키도록 하자.

"그럼 좋아하는 포즈가 정해지면 말해줘."

"네에~."

그렇게 나는 시구레의 요청대로, 우리 집 거실을 배경으로 포즈를 정하는 시구레를 카메라 앱으로 촬영하기 시작했다.

다다미 위, 무릎을 모아 앉은 자세로 맨발 발가락을 만지작거리는 모습.

상 위에 노트를 펼치고, 샤프 끝을 아랫입술에 댄 채 생각에 잠기는 모습.

다다미 위에 벌렁 드러누워 뭔가를 원하는 듯한 눈동자로 카메라를 올려다보는 모습.

시구레의 주문에 대응하며 앵글이나 거리를 조정하여 톡톡 찰칵찰칵.

촬영하면서 생각했다.

이거, 꽤 흥분되는데.

"으음~. 누워 있는 사진은 배꼽을 살짝 드러내고 싶네요. 셔츠를 밖으로 꺼낼 테니까 다시 한번 부탁드려요."

"……………….."

어쩌지.

상상했던 것보다 매우 두근거린다.

상대는 시구레라고 아무리 자신에게 되뇌어도, 교복 때문에 하루카로밖에 보이지 않는다.

하루카가 내 방에 와서, 완전히 마음을 놓은 모습을 보여주고 있다.

어딘가, 유혹하고 있는 듯한 표정으로.

그런 망상에 심장이 격렬하게 고동친다.

위험하다.

이렇게나 두근거리고 있다는 걸 이 성격 나쁜 녀석한테

들키면, 절대로 그냥은 넘어가지 않는다.

그래서 나는 필사적으로 표정을 숨기고 셔터를 눌렀다.

그리하여 나는 어찌어찌 이 촬영회를 극복하는 데 성공했다.

스마트폰을 시구레에게 돌려주고, 사진을 확인시켰다.

"……이걸로 만족해?"

"헤~. 오빠 제법 잘 찍네요. 봐요, 이 각도라든지. 좋은 느낌으로 저녁놀과 그림자가 대비되고 있어요. 오빠, 로우 앵글러* 재능 있네요."

"그런 좁은 세계 안에서도 한층 더 마니악한 재능 같은 건 필요 없어."

"하지만 이렇게 사진으로 새삼 제 모습을 보니, 저랑 언니는 정말로 판박이네요. 얼굴은 물론이지만, 가슴 라인이라든가, 엉덩이가 조금 위를 향하고 있는 점이라든가. 오빠가 시종 수상쩍게 흠칫흠칫거리는 것도 납득이에요."

"……흠칫거리지 않았어."

그리고 여자애가 가슴이라든가 엉덩이 같은 말을 발음하지 말았으면 한다.

뭔가 엄청 있기 어색해지니까.

---

* 코스프레 촬영 등에서 아래쪽에서 피사체의 사진을 찍는 사람들.

"자, 이제 이걸로 직성 풀렸겠지. 얼른 갈아입어."

"그러네요. 슬슬 저녁 준비도 해야 하고요. 아무리 그래도 이걸 입은 채로 식사를 준비했다가 더럽히면 곤란하고 말이죠."

다행이다. 아무래도 시구레도 만족해 준 듯하다.

이걸로 겨우——

"단지 갈아입기 전에, 오빠한테 보수를 지불해야겠죠."

"하? 보수?"

"으랏!"

의미를 잘 알 수 없는 말에 물음표로 대꾸한 순간이었다.

시구레가 다다미에 앉아 있는 나를 자빠뜨리고, 내 위에 올라타 앉은 것은.

"어? 무……?"

혼란스러워서 목소리도 제대로 내지 못하는 나.

시구레는 그런 내 가슴에 손을 대고는 여느 때의 가학적인 미소를 보였다.

“……후후. 엄청 두근거리고 있네요. 자라니 어쩌니 말하면서도, 역시 저의 이 모습을 보고 언니가 집에 와 있는 것 같은 기분이 든 거죠? 귀여워라.”

“! 그, 그럴 리 없”

“거짓말쟁이.”

얼굴을 가까이 대고서는 조소하는 것처럼 속삭였다.

시구레의 머리카락이 하늘거리며 어깨에서 흘러내려, 내 뺨을 어루만졌다.

깃털로 간질여지고 있는 듯한 그 자극에, 전신에 전율이 흘렀다.

나의 그런 전율을 느낀 시구레는 점점 진한 미소를 띠었다.

“그럴 리 없다면, 이렇게나 두근거리지 않죠~. 제 말이 틀렸나요?”

“으윽.”

깔끔하게 잘 다듬어진 시구레의 손톱이 내 앞가슴을 삭삭 긁었다.

“나쁜 사람. 저는 언니가 아닌데도, DNA가 같을 뿐인

다른 사람인데도 이렇게나 두근거려서는. 얼굴도 새빨개져서는. 저를 받아들여 보이겠다고 말한 멋진 오빠는 어디로 가 버린 걸까요. ……정말로 한심하네요. 이런 모습, 언니한테는 보여줄 수 없겠네요?"

"갑작스러워서 놀란 것뿐이야. 인제 그만 떨어져……. 화낸다."

있는 힘껏 허세를 부려 노려봐 주자, 시구레는 빨간 혀를 쏙 내밀고는 얼굴을 뗐다.

"죄송해요. 알고 있어요. 저희는 쌍둥이인걸요. 얼굴도 몸도 여자친구랑 똑같은 여동생한테 두근거리고 마는 건 어쩔 수 없죠. 오빠는 나쁘지 않아요. 잘못한 거 없어요. 왜냐면 오빠는 저를 통해 언니를 보고 있을 뿐. 즉, 오빠는 언니한테 두근거리고 있을 뿐이고, 저 같은 건 시야에 들어와 있지 않아요. 안중에도 없으니까요. 그죠?"

"다, 당연하지. 나는 오로지 하루카 일편단심이니까!"

"하지만 다른 사람이기 때문에, 오히려 쌍둥이 여동생이니까, 늦되고 부끄러움을 많이 타는 언니라면 절대로 해주지 못할 만한 일도 해줄 수 있답니다?"

"무슨 말을——"

그렇게 물어보려던 때였다.

시구레는 내 위에 올라타 앉았던 자세를 바꿔 무릎으로 선 자세를 취하고는, 하루카의 스커트 자락을 살짝 집었다.

그리고는—— 집은 옷자락을 들어 올리기 시작했다.

그렇다. 내 눈앞에서, 하루카의 옷차림을 한 채로.

"오늘의 답례로 보여 드릴게요. ——정말 좋아하는 언니의 속옷 차림."

"잠, 아니아니, 잠깐! 잠깐잠깐잠까아아안!"

무무무, 무슨 생각을 하는 거냐고, 이 여자!

나는 이제 거의 비명에 가까운 목소리를 내며, 당황해서 허겁지겁 도망치려 했다.

하지만 뒤로 물러나려 한 몸은 곧바로 벽에 부딪혀 도망칠 곳을 잃었다.

젠장, 우리 집 좁아! 전혀 도망칠 수 없어!

이럭저럭 하는 사이에 시구레의 손가락은 점점 올라가서,

"멍청아! 제정신이야, 너?! 부끄럽지 않아?!"

"물론 부끄러워요~. 하지만 오빠한테 답례하고 싶으니까요."

"여, 여자애가 그런 짓 하면 안 된다고! 좀 더 자신을 소

중히 여겨!"

"소중히 여기고 있어요. 오빠니까 괜찮은 거예요."

"아니아니, 나는 괜찮지 않아! 아니 그보다, 하루카의 모습으로 그런 짓 하면 용서 안——"

"에잇."

"빠아아아아————앗!!"

팔락거리며 들어 올려진 스커트.

나는 마치 이를 악물다시피 눈을 꾹 감고는 고개째로 시선을 돌렸다.

이, 이 여자, 믿기지 않는다. 진짜로 아무런 주저도 없이 걷어 올렸다고!

아무리 나를 놀리는 게 즐겁기로서니, 보통 이렇게까지 하나?!

어쨌든 눈은 감은 채 억지로 밀쳐 내고 탈출해야——

"뻥~이에요, 밑은 속바지였습니다~♡"

……어?

"아하핫! 빠아—, 래! 무슨 소리를 내고 있는 건가요, 오빠. 게다가 목이 올빼미처럼 휙 돌아가서는! 아하, 그렇게 필사적으로 눈을 돌리지 않아도 괜찮잖아요. 여자애 자신이 보여주겠다고 말하고 있는 거니까요. 그런데도 그렇게 의식해 버려서는. 진짜로 너무 귀엽네요~, 오빠는."

"~~~~크!!"

뭐, 뭐 이리 질 나쁜 짓을 하는 거지.

게다가 하필이면 하루카의 모습으로!

아무리 그래도 이건 용서할 수 없다.

이번만큼은 인내심의 한계다.

하루카의 연인으로서, 그리고 오빠로서 이 여자한테 한소리 해주지 않으면 직성이 풀리지 않는다.

나는 돌리고 있던 눈으로 시구레를 노려보며 큰 목소리로 항의했고,

"그만 적당히 좀 해, 시구레! 여동생이라 할지라도 해도 되는 일이——"

어이, 속바지는 어디 갔냐.

"!?!?!?!?"

어, 잠깐잠깐.

이거 어떻게 된 거야?!

이거, 이런 속바지도 있나?!

엄청 팬티처럼 생겼는데, 아니, 이거 분명 팬티잖아! 동급생의 팬티 같은 건 본 적 없지만, 그도 그럴 게 핑크색인걸! 소재 천이 좋아 보이는걸! 만화에서 본 팬티는 이런 느낌이었는걸!

이 녀석, 남자 앞에서 팬티를 그대로 드러내 놓고 뭘, 우와, 우와아앗!

"언니 스커트 제법 줄여 입고 있잖아요? 그러니까 보이지 않도록 짧은 속바지를 안에 제대로 입고 있다고요. 남자친구인 주제에 그것도 몰랐던 거예요? 아니면, 엿볼 배짱도 없었다든가~?"

"아니, 너! 속바, 속바지! 우와아아앗!"

"응? 어라어라, 오빠. 뭔가요, 그 호들갑스러운 반응. 아, 혹시 오빠한테는 속바지라도 자극이 너무 강했던 건가요? 아하, 분별없는 원숭이 씨네요~. 이 정도로 괜찮으면 얼마든지 보여 드릴게요. 자아, 자아~."

아니, 그런 게 아니라고!

아니 그보다 시구레, 혹시 자기가 속바지 안 입고 있다는 걸 모르고 있는 건가?!

우왓, 여봐란듯이 보여주면서 허리 흔들지 말라고!

amizore

주름이, 다리 사이 부분에 주름이 져서 형태가, 히이익!

곤란해! 이건 곤란한 상황이야!

빨리 깨닫게 해주지 않으면——!

"하, 하니— 흐게 하니고"

이런, 너무 동요해서 혀가 제대로 움직이질 않아!

젠장, 이 바보한테 현재 상황을 어떻게 알려주면 좋냐,

—아, 그래!

하늘의 계시가 왔다.

나는 주머니에서 내 스마트폰을 꺼내 시구레를 촬영했다.

그걸 그대로 뒤집어 시구레한테 들이밀었다.

"정말~. 오빠, 사진까지 찍으시고는. 그렇게나 제 속바지가 마음에 든 거예요? 어쩔 수 없네요. 뭐, 오빠의 여동생은 관대하니까 얼마든지 저장해서…… 응?"

불현듯, 내 반응을 보며 절호조 상태였던 시구레의 수다가 멈췄다.

그녀는 내 스마트폰에 얼굴을 가까이 대고는 "으응~?" 하고 낮은 소리를 내며 사진을 물끄러미 바라봤다.

그리고 무언가를 골똘히 생각한 뒤, 눈을 쓱쓱 비비고는 다시 한번 사진에 시선을 향했고,

"흐으으으으으으으으읏~~~~?!?!?!"

채 말소리가 되지 않는 비명을 지르고는, 불을 뿜을 것만 같이 얼굴이 새빨개졌다.

시구레는 당황하여 내게서 허둥지둥 스마트폰을 빼앗고는 방 한구석에 쥐처럼 재빠르게 도주.

스마트폰을 탁탁 조작해서, 아마 사진을 지운 뒤 쭈뼛쭈뼛 내게 물어봤다.

"저기, ………………보셨나요?"

"여기서 못 봤다고 말하면 그거 믿을 수 있겠냐. 너."

"아아아아아~~~~!!!!"

시구레 굉침(轟沈).

그녀는 머리를 감싸 쥔 채 그 자리에 쪼그려 앉았다.

그리고 애벌레 같은 움직임으로 맹장지 한 장 너머에 있는 자기 방으로 돌아갔다.

"에? 어, 어째서? 어째서 나 속바지 안 입고 있는 거야?

아니, 이상하잖아. 왜냐면 확실히 언니한테서 빌린 건데, 이런 건 분명 이상해. ……아, 근데 그러고 보니 돌아왔을 때 집안이 찔 듯이 더워서…… 게다가 오빠보다 먼저 집에 가려고 서둘렀으니까 땀도 엄청나게 흘러서 기분 나빴으니까 벗은 채로, 아, 아, 아, 아아~~~~!"

얇은 맹장지 한 장 너머에서 무언가 중얼중얼 혼잣말을 하는 목소리와 몸부림치며 나뒹구는 소리가 들려왔다.

아무래도 내 눈앞에서 팬티를 자랑스럽게 내보인 것이 상당히 대미지가 컸던 모양이다.

결국, 시구레는 그날 자기 방에서 나오지 않았다.

천망회회소이불실.*

내 연인을 모독한 벌이다.

……하지만, 그거군. 너한테도 수치라는 개념이 있었구나.

오빠한테는 그게 제일 놀라운 일이었어.

---

* 하늘에 있는 그물은 크고 엉성해 보이지만 결코 그물에서 빠져나갈 수 없다는 뜻으로, 악행을 저지르면 언젠가는 반드시 벌을 받게 됨을 이르는 말.

カノジョの妹とキスをした

I kissed My Girlfriend's Little Sister

심장 소리가 고막에 부딪혀 머릿속에서 반사되어 울린다.

피가 펄펄 끓고, 펜을 쥔 손에 땀이 배어 나온다.

나는 손에 잡히지 않는 문제집에서 시선을 돌려, 살피듯이 주위를 둘러봤다.

눈에 비치는 건 우리 집의 오래되어 꾀죄죄한 벽과는 다른 하얀 벽면이다.

광택이 있는 마룻바닥에 깔린 매끄럽고 촉감 좋은 카펫.

목제 싱글침대와 그 위에 당당히 자리 잡고 있는 곰인지 토끼인지 잘 알 수 없는 생물의 인형.

하얀색이나 연분홍색으로 맞춰진 책상이나 책장, 그리고 옷장.

그 조화를 무너뜨리지 않는 세련된 원형 유리 테이블.

그리고 그 테이블 맞은편에 앉아 교과서와 씨름하는── 하루카의 모습.

이쯤이면 알 수 있으리라.

나는 오늘, 하루카의, 즉 여자친구의 방에 실례하고 있는 것이다.

어째서 그런 너무나 멋진 이벤트가 발생한 것인가.

이유는 학생에게는 고민거리인 중간고사다.

달력은 6월.

중간고사를 눈앞에 앞두고 모든 부 활동이 휴식에 들어간 이 날, 하루카가 내게 공부를 봐줬으면 한다고 말한 것이다.

이래 보여도 일단 나는 명문 사립인 세이운의 특진과에 다니고 있다.

보통과 학생인 하루카의 공부를 봐주는 것 정도는 할 수 있다.

게다가 여자친구가 자신을 의지해 준 것이다. 받아들이지 않을 이유 따위 없지 않은가.

물론 나는 흔쾌히 수락했다.

그리고 방과 후, 같이 시험공부를 하고자 도서실에 모인 것이다.

하지만――.

『우와~, 자리 전부 꽉 찼네.』

『잘못 생각했어. 시험 전이면 이렇게나 사람이 많아지는 건가.』

경솔했다.

하루카와 사귀기 시작한 건 올해 봄. 그전까지는 그녀의 연극부 활동이 끝나는 걸 기다릴 필요도 없었기에 수업이 끝나면 바로 귀가. 도서실 같은 건 이용한 적이 없었으니까, 시험 전의 도서실이 앉을 자리도 없을 정도로 붐빌 거라는 사실은 몰랐던 것이다.

그럼 이제 어쩐다.

나는 생각했고, 대체안으로서 특진과 교실에서 하지 않겠냐고 권했다.

거기에 하루카는 이렇게 대답했다.

『있지, 히로미치 군. ……공부, 우리 집에서 하지 않을래?』

그리고 지금에 이른다, 는 것이다.

처음 들어오는 여자의 방. 그것도 연인의 방.

솔직히…… 미칠 듯이 두근거리고 있다.

아니, 그보다 여자 방은 진짜로 달콤한 냄새가 나는구나…….

꽃 같기도 하고, 과자 같기도 한 달콤한 공기.

소문으로는 들었지만, 거짓말이 아니었다.

정말로 같은 인류인 걸까.

아니 뭐, 아마 이건 하루카가 쓰고 있는 샴푸라든가 그런 거의 향기겠지만.

같은 걸 쓰고 있는지, 시구레와 스쳐 지나갈 때도 비슷한 향기가 나는 느낌이 들고.

하지만 그런 현실적인 이야기는 아무래도 좋다.

중요한 건 내게는 이 달콤한 향기가 하루카와 있을 때 한순간 나는 향기고, 나를 행복하게 만들어 주는 연인의 냄새라는 점.

그리고 지금, 내가 그 향기에 몸이 통째로 감싸여 있다는 사실이다.

솔직히 위험하다.

너무 행복해서 뇌가 녹아버릴 것 같다.

지금 여기서 깊게 숨을 들이마시면, 대체 얼마나 많은 행복으로 채워지는 걸까.

어? 변태냐고? 아니아니, 잠깐 기다려 보라고.

이건 어쩔 수 없는 일이야.

예를 들어 자연을 좋아하는 사람은 싱그러운 잔디가 펼쳐진 초원에 오면 심호흡을 하잖아?

나는 하루카를 좋아한다. 즉, 내가 하루카의 냄새를 맡고 싶은 건 지극히 당연한 일. 그것 보라고, 어쩔 수 없는 일이지. 그러면 실례하겠——

“저기, 히로미치 군.”

“커흑! 콜록!”

“왜, 왜 그래? 감기?”

“아니, 기관에 침이 좀 들어간 것뿐이니까. 괜찮아. 응. ……그래서, 뭐, 뭔데?”

“이 부분 영어 번역 말인데, 어째서 ‘take’는 안 되는 거야?”

“아, 아아. 이건 움직임의 방향이 달라서 그래. 이 경우에는 ‘bring’으로—”

위, 위험했다아아——!

등에 식은땀이 솟았다.

지금 콧구멍이라든가 커져 있지 않았겠지.

콧구멍을 활짝 벌려 자기 방의 냄새를 맡는 남자친구는, 뭐라고 할까, 빵점이다.

도저히 남한테 보여줄 수 있는 모습이 아니다.

……아무래도 연인의 초대에 지나치게 흥분하고 있었군.

나는 바보 같은 짓은 그만두고 자기 공부에 집중하기로 했다.

그래도 뭐, 역시 요만큼도 집중이 되지 않는다.

당연하다.

왜냐면 나는 지금 태어나서 처음으로 이성의, 그것도 여자친구 방에 있는 거니까.

여긴 하루카가 언제나 생활하고 있는, 하루카의 가장 사적인 공간.

그런 장소에, 다름 아닌 하루카 본인한테서 초대받아 들어온 것이다.

거기서 해야만 하는 일이 밥이나 낸시나 타로가 무슨 이야기를 하고 있는지를 번역하는 것인가?

아니.

그러니까 반대로 생각했다.

집중 못 해도 괜찮다고.

내가 지금 해야 할 일은 공부 따위가 아니다. 내가 해야 할 건 오직 하나.

오늘 이 초대가…… 하루카가 보내는 시그널인지 어떤지를 판별하는 것이다!

——인터넷 선배들이 말하길, 여자애는 관계 진전을 바랄 때 평소보다 몸의 거리를 가까이하거나, 응석 부리거나, 변죽을 울리는 듯한 여심 시그널을 발산한다고 한다.

우리 관계는 요전에 손을 잡고 하교한다는 매우 큰 진전을 이루었다.

이 타이밍에 집으로의 초대.

이건 어쩌면, 나랑 한층 더 가까워지고 싶다는 하루카의 시그널일지도 모른다.

물론, 그저 단순히 특진과인 나한테 의지하고 있을 뿐이고, 방에 초대한 것 역시 친한 사람을 방에 부르는 것 자체가 하루카 안에서는 그렇게까지 대단한 이벤트는 아닐 가능성도 있다.

하루카한테 그럴 마음이 없는데, 나만 그럴 마음이 들어 강하게 발을 내디뎠다간…….

"~~~크윽."

무, 무시무시하다.

그것만큼은 절대로 안 된다. 마음이 죽는다.

그런 까닭에 이를 판별하는 데는 가히 신중함을 요한다.

시그널은 나오고 있는가, 나오고 있지 않은가.

하루카의 일거수일투족을 주의 깊게 관찰하여 가려내야만 한다!

*　*　*

"고마워, 히로미치 군! 숙제가 이렇게나 술술 정리된 건 처음일지도!"

"그, 그래? 도움이 되었다면 다행이야."

"후후. 의지가 되는 특진과 남자친구가 있어서 난 행복해. 아, 주스 다 떨어졌네. 더 가지고 올게."

"으, 응. 고마워."

빈 컵을 들고 일어나 방을 나가는 하루카.

나는 그걸 지켜본 뒤 혼자가 된 순간 머리를 감싸 쥐었다.

"전혀 모르겠어."

그 뒤로 나는 계속 공부는 뒷전으로 한 채 하루카를 주의 깊게 관찰하고 있었지만, 시그널의 유무를 확인할 수는 없었다.

알게 된 것이라고 하면,

하루카의 속눈썹이 무척 길고 아름답다는 것,

어려운 문제에 부딪혔을 때 도톰한 입술에서 새어 나오는 고민스러운 한숨이 살짝 야하다는 것,

이따금 우연히 눈이 마주칠 때마다 겸연쩍은 듯이 수줍

어하는 미소가 미칠 정도로 귀엽다는 것,

요컨대 내 여자친구는 엄청나게 귀엽다는 것 정도다. 알고 있다.

……아니 그보다, 애초에 그 시그널이라는 녀석은 내가 감지할 수 있는 건가.

그걸 알지 못하니까 나는 17년간 동정으로 지내고 있는 게 아닌가.

A라는 몬스터를 쓰러뜨리려면 B라는 아이템이 필요합니다. 그 아이템은 A가 드롭합니다, 같은 생각은 그만두자.

솔직히…… 이 이상은 부질없는 느낌이 들기 시작했다.

"이제 다시 공부해볼까."

"마아~."

"응?"

……뭐지, 지금 그 이상한 소리는.

나는 이상한 소리가 난 쪽, 하루카가 열어 놓은 채로 둔 문으로 시선을 향했다.

거기에는 문에서 몸을 절반만 내놓고 이쪽을 살피는 흰

색과 검은색 털이 섞인 반점 무늬 고양이가 있었다.

그러고 보니, 소소한 대화 중에 고양이를 기르고 있다고 말한 적이 있었던가.

"저기, 하루카. 하루카네 고양이는 이름이 뭐야?"

"응? 혹시 마로 그쪽에 갔어?"

"문 있는 데서 이쪽을 뚫어지게 보고 있는데. 그렇구나. 마로라고 하는구나, 너."

"반점이 마로처럼 생겼지?"*

"마로라는 게 그 마로인 건가……."

엄청난 이름이다.

하지만 듣고 보니 확실히, 가느다란 눈 위의 좁은 이마에 실로 마로처럼 생긴 반점이 두 개 있다.

나는 고양이를 좋아한다.

강아지도 좋아하지만, 굳이 따지자면 고양이 파다.

강아지는 너무 지나치게 충실해서, 적당하게 사는 나 자신이 미안해지고 마는 점이 있다.

그 점에서 고양이는 저쪽도 대충 사는 느낌이기에 마음이 편하다.

---

* 옛날 일본 공가의 풍속인 하얀 얼굴에 짧고 굵은 검은 눈썹 모양 단장을 뜻한다.

"칫칫치……."

"마아~~~~~."

내가 혀를 차 소리 내며 손짓하자, 마로는 문에서 방으로 느릿느릿 들어왔다.

뚱뚱해서 제법 체격이 좋은 고양이다.

근방에 있는 길고양이의 두 배 정도는 되지 않을까.

마로는 그대로 곧장 내게 오더니, 무릎 위에 올라탔다.

오오, 무거워……!

"커다랗구나, 너."

좁은 이마를 쓰다듬어 주자 목을 울려 그르릉거리는 울음소리를 냈다.

이 집에서 잔뜩 귀여움을 받고 있겠지.

무척 사람을 잘 따른다.

"응?"

마로를 쓰다듬고 있었더니, 문득 뒷다리에 무언가가 걸려 있는 걸 알아차렸다.

가까이 다가올 때는 커다란 몸 뒤에 가려져서 보이지 않았는데, 뭐지 이거? 티슈?

불쌍하니까 떼어내 줄까.

걸려 있던 건 천이었다. 제법 촉감이 좋다. 부들부들하다. 만져본 적이 없는 타입이다. 하얀 표면에는 광택이 있고, 리본이 조그맣게 장식된 삼각형 모양…… 아니 이거 여자 팬티잖아!!!!

"~~~~~~~~~~!!"

무심코 새어 나올 뻔한 비명을 억눌렀다.

내부 압력으로 귀가 끼잉— 하고 엄청나게 울렸다.

그보다 이거 100% 팬티다. 알 수 있다. 바로 얼마 전에 시구레의 실물을 본 나는 알 수 있어!

게다가 하루카네 집은 부녀 가정.

즉, 이 집에 존재하는 여성용 팬티는 100% 하루카의 것……!

무, 무슨 이런 걸 가지고 오는 거야, 마로!

"마로 몸집 크지. 막 주웠을 무렵에는 삐쩍 말랐었는데, 아빠가 고양이를 너무 귀여워하는 바람에 뒤룩뒤룩 살이 쪄 버려서. 그래도 살찐 고양이도 귀엽잖아."

"아, 아아, 그러네. 나도 고양이는 뚱뚱한 편이 좋, 아."

둥글고 귀엽다. 귀엽지만, 이 녀석.

젠장, 곤란하다. 하루카의 목소리가 조금씩 가까워져 온다.

전신에서 식은땀이 뿜어져 나온다.

어쩌지.

이런 걸 쥐고 있는 모습을 보였다간 엉뚱한 오해를 살지도 모른다.

하지만 그렇다고 해서 바닥에 버린들, 그 상황을 나는 하루카한테 어떻게 설명하지?

고양이가 가져왔다고?

구차해! 사실이지만, 아마 그 설명은 구차하다고, 히로미치!

나는 몹시 혼란스러웠다.

그러나 상황은 내 혼란이 진정되는 걸 기다려 주지 않는다.

내가 당황하는 사이에, 하루카가 방에 돌아왔다.

"기다렸지~. 아하하. 마로도 참, 그런 곳에 앉아서는. 자, 히로미치 군한테 방해되니까 이쪽으로 오렴."

"마~우……."

"아. 요 녀석, 지금 하품으로 대답했어. 히로미치 군이 마음에 든 모양이야. 방해되면 억지로 치워도 되니까 말이야."

"아, 아니, 나 고양이 좋아하니까 괜찮아."

"그래? 잘됐네, 마로."

하루카는 기쁜 듯이 미소 짓고는 내 무릎 위에 있는 마로의 머리를 쓰다듬었다.

……'그' 물건의 존재는 아직 알아차리지 못했다.

어째서냐면 내가 순간적으로 바지 주머니에 숨겼기 때문이다.

하지만 나는 그 행동을 곧바로 후회하고 있었다.

그도 그럴 것이, 이건 상황상 완전히 속옷 도둑이잖아……!

오히려 한층 더 똥통에 빠지고 만 것 아닐까.

어쨌든 이 위험물은 나와 하루카의 관계를 망가뜨릴지도 모르는 폭탄이다.

시급히, 하루카한테 들키지 않도록 처리해야만 한다.

하지만 어떻게 하지.

이 방에 숨길까? 가능하다고 하면 가능하다.

그러나 이 팬티는 밖에서 반입된 것. 예를 들어 어제 입고 막 세탁한 참이고, 하루카가 그걸 기억하고 있었을 경우 자기 방에서 이게 발견되는 이상함에 나라는 손님을 결부시킬지도 모른다.

그렇다고 해서 절대로 발견되지 않을 장소…… 장롱 뒤에 감추는 것은 불쌍하고, 가지고 돌아가는 건 논외다.

나는 필사적으로 생각했다.

자신과 하루카에게 있어 무엇이 최선일지를.

하지만 내가 그걸 모색하고 있었더니,

"히로미치 군? 혹시, 방 더워?"

"엑?! 어째서?"

"왜냐면 땀, 엄청난걸?"

"아니, 이, 이건 딱히 더운 게 아니라……."

"그럼 역시 몸 상태가 안 좋아? 조금 전에도 기침하고 있었고……."

염려하는 듯한 눈으로 나를 바라보는 하루카.

난처한 표정을 짓고 있는 나를 걱정해 주고 있다.

상냥하다. 좋아. 하지만 네 팬티를 주머니에 숨기고 있는 게 들키지 않을까 하고 조마조마해서 땀이 멈추지 않는 것뿐이라고는 말할 수 없다. 말할 수 있을 리가 없다.

나는 미안한 마음으로 가득했다.

그러나 한편으로 그 표정은 내게 하늘의 계시를 가져다 주었다.

몸 상태가 안 좋다— 그래, 그 방법이 있었나!

"딱히 몸 상태가 나쁜 건 아니지만, 실은 조금 전부터 화장실을 참고 있어서."

"뭐? 어째서?"

"그 왜, 여자친구 집에서 화장실을 빌리는 건, 뭔가 매너 없는 행동이려나 싶어서……."

"뭐야~. 그런 거였구나. 그렇게 사양하지 않아도 되는데~. 그럼 위치 안내해 줄게. 따라와 줘."

"고마워. 진짜 살았어."

그렇다. 화장실에 갔다가 돌아오면서 방 밖에 놓아두면 되는 거다.

원래부터 방 밖에서 마로가 가져온 것이니까, 방 안에 숨기는 것보다는 발견되었을 때의 위화감은 적을 터.

게다가 집이라는 건, 물을 쓰는 곳은 이따금 가까운 데 모아서 설계된다. 화장실과 욕실은 바로 옆에 있는 게 보통이다.

욕실 세탁기 뒤쪽에라도 자연스럽게 떨어뜨려 두면, 부

자연스러운 점은 없으리라.

……나 참, 네 덕분에 쓸데없는 땀을 흘렸다고.

나는 속으로 불평을 하면서, 일어서기 위해 무릎 위에서 둥글게 몸을 말고 있는 마로를 딴 데로 보내려 했다.

하지만 흔들어도 마로는 완고하게 움직이려 하지 않는다.

어쩔 수 없기에 배 밑에 손을 집어넣어 들어 올렸다.

그러자 마로는 발톱으로 내 바지를 할퀴며 저항.

뭐, 뭐 이렇게 완강한 녀석이 다 있지.

어쩔 수 없기에 들어 올리는 힘을 더 세게 하여 억지로 떼어냈다.

그 순간이었다.

툭, ―하고 마로의 몸이 바지에서 떨어진 것과 동시에, 저항했을 때 발톱에 걸린 것일 '그' 팬티가 주머니에서 스르륵 끌려 나오고 만 것은.

"갸아아아아아아아아아아아아악――――?!?!"

"어…………."

절규하는 나.

하루카도 내 주머니에서 절반 정도 튀어나온 팬티를 보

고, 경악하여 눈을 휘둥그레 떴다.

"히로미치 군, 그거…… 내……, 어어?!"

최, 최악이다! 최악의 사태가 일어나고 말았어!

여하튼 설명해야……!

"아냐, 오해야! 이건 내가 아니라, 마로가! 이 녀석이 이 방에 올 때 다리에 달고 온 거야! 하지만 그대로 두면 이상한 오해를 받을지도 모른다고 생각해서 순간적으로! 훔치려고 한 게 아니야! 지금 화장실에 가려고 한 것도, 이걸 살짝 욕실에 두고 오려고 한 것뿐이고, 미, 믿어줘!"

당황하여 쉴 새 없이 경위를 설명하며, 나는 문득 머리 한구석에서 떠올렸다.

제법 전에 뉴스 사이트에서 본, 아동 포르노 소지 혐의로 기소된 해외 남성의 이야기를.

그는 고양이가 멋대로 저장했다고 변명했는데, 결국 그 말을 믿어준 사람이 있었을까. 적어도 나는 믿지 않았다.

그래, 이런 이야기, 보통은 믿을 수 없다.

믿어줄 리가……, 없다.

아아, 끝났다……. 내 첫사랑이…… 지금……

"뭐, 뭐야~. 그런 거였구나."

……어?

"정말~, 히로미치 군. 너무 놀라게 하지 말아 줘~."

"하루카, 내 이야기를 믿어주는 거야?"

"물론 믿어. 왜냐면 히로미치 군이 그런 짓을 할 사람이 아니라는 건 알고 있는걸. 나는 히로미치 군의 여자친구니까. 아, 그래도 오해받을지도 모른다고 생각했다는 건, 히로미치 군은 나를 믿어주지 않았다는 거네. 그건 조금 섭섭하려나."

하루카는 그렇게 말하고는 뺨을 불룩 부풀렸다.

진심으로 화내고 있는 얼굴은 아니다.

장난으로 부루퉁해진 척하고 있는 것뿐이다.

즉, 하루카는…… 정말로 내 말을 믿어 준 것이다.

나라는 인간을 진심으로 믿어 주고 있는 것이다.

이 넓은 세상에 자신을 이만큼 긍정적으로 봐주는 사람이 있다.

이렇게나 기쁜 일이 있을까.

가슴속 깊은 곳에서 눈앞의 소녀를 향한 사랑스러움이 넘쳐흐른다.

숨도 쉬지 못할 정도로 넘쳐난 마음에 사로잡혀, 나는 거의 무의식적으로 하루카에게 손을 뻗었다.

"아…………."

내 손가락이 하루카의 머리카락에 닿는다.

하루카는 이에 한순간 놀랐지만,

"―――――――"

살며시 눈을 감고, 내가 뻗은 손바닥에 자신의 뺨을 비볐다.

……알 수 있다.

지금, 시그널이 나오고 있다.

하루카에게서, 그리고, 나한테서도.

서로가 서로의 시그널을 느끼고 있다.

지금이라면 이 손을 살며시 목덜미로 내려, 끌어안는 것도 가능하리라.

나는 그런 확신에 따르려 했고――

『띵동―――――――!』

"""~~~~~~~!!!!"""

방문객을 알리는 새된 벨 소리에, 우리는 둘 다 소스라치게 놀라 움찔거렸다.

……찬물이 끼얹어진 것처럼, 이 자리의 열이 내려간다.

그렇게 되자 곧바로 지금의 거리가 부끄러워져서, 우리는 서로 고개를 돌렸다.

“아, 아하하, 왠지, 요전에 빌린 만화 같은 엄청난 타이밍이었네.”

“그, 그러게. 있는 법이구나, 이런 일…… 현실에서도…….”

“나, 잠깐 나가 보고, 올게?”

“다, 다녀와.”

귀까지 새빨개진 하루카는 도망치다시피 잰걸음으로 방에서 나갔다.

어쩐지, 나는 지금 결정적인 순간을 놓치고 만 느낌이 든다…….

그대로 갔다면 나는 하루카를 이 손으로 끌어안을 수 있지 않았을까.

아니, 어쩌면 분위기를 타서 키, 키스까지……!

……그렇게 생각했더니 몹시 화가 나기 시작했다.

대체 어디 사는 누구냐.

NHK 수금 같은 거라면 진심으로 용서 못 한다.
말한테 걷어차여 죽으면 좋을 텐데.*

"어라, 아빠잖아. 어서 오세요."

아버니이이임?!?!

"다녀왔다. 하루카."
"어쩐 일이야? 벨 같은 걸 다 누르고."
"오랜만에 일찍 퇴근한 건 좋았는데 말이다, 집 열쇠를 책상에 깜박 두고 와서 말이지. 하루카가 집에 있어 줘서 다행이구나."

새어 들려오는 남자의 목소리.
잘못 들은 게 아니다.
하루카의 아버지가 집에 오신 거다……!

"……응? 못 보던 신발인데, 친구가 와 있니?"
"친구라고 할지, 그 왜, 항상 이야기하던……."
"아아. 보이프렌드인가. 분명 히로미치 군이었지."
"응, 맞아. 시험 기간이니까, 히로미치 군한테 공부 좀

* 남의 사랑을 방해하면 말한테 걷어차인다는 일본 고전 속요에서 유래된 관용구.

가르쳐 달라고 하고 있었어."

"그랬구나. 이거, 방해를 하고 말았구나."

"응."

"……그렇게 딱 부러지게 말하면 아빠는 조금 슬픈 걸. 하지만 그런가. 항상 딸을 잘 봐주는 애가 와 있다면, 아빠도 인사해야겠구나."

히, 히이이이익~~?!?!

가까워져 오는 목소리와 발소리에, 나는 속으로 절규했다.

왜냐면 이건 너무 갑작스럽다고! 마음의 준비가 전혀 되어 있지 않아!

여자친구의 아버지랑 만날 때는 무슨 이야기를 하면 좋지?!

이럴 때 평소라면 구글 선생님에게 묻겠지만, 이번에는 그럴 시간도 없었다.

활짝 열려 있던 문에서 곧바로 체격이 큰 초로의 남성이 모습을 보였고, 검은 테 안경 안쪽에서 날 쳐다봤다.

"네가 우리 딸 남자친구인 히로미치 군이구나. 하루카의 아버지란다. 만나서 반갑구나."

"네, 넵! 안녕하세요! 사토 히로미치, 입니다!"

나는 황급히 일어나 고개 숙여 인사했다.
여자친구의 아버지께 앉은 채로 인사하는 건 안 된다.
하지만 머릿속은 새하얬다.
텅텅 빈 머릿속에서 심장 소리만이 쿵쾅쿵쾅 반사되어 울리고 있다.
큭, 뭐, 뭔가 없나. 이런 장면에서 여자친구의 부모님께 하는 말.
정석, 정석, 정석인 이이, 이, 이이인인인사는——

"따님은 제가 행복하게 만들겠습니다!!"

……아니, 이건 아니지 않나?!
확실히 정석이지만! 만화 같은 거에서 보긴 하지만!
그래도 지금 말할 대사는 아니지 않아?!?!

"하하하. 제법 성미가 급하군. 그 대사는 성인이 되고 나서 다시 한번 더 듣도록 할까."
"으윽~~~~~~!"

여러 과정을 건너뛰어 버린 나의 주제넘은 인사에, 하루카의 아버지는 작게 어깨를 들썩이며 웃으셨다.
트, 틀렸다. 분명 이상한 녀석이라고 생각하셨을 거

야…….

"그래도 책임감을 가지는 건 무척 좋은 일이지."

"예……?"

"그래. 딸에게 남자친구가 생겼다는 말을 듣고, 역시 부모로서는 어떤 상대일까 하고 걱정되었는데, 히로미치 군이라면 안심이겠어. 머리도 물들이지 않고, 귀에 구멍도 뚫지 않았군. 무척 진지하고 성실해 보이네."

의외로, 내 실수는 아버지께 호의적으로 받아들여진 모양이다.

그러고 보니 하루카도, 내가 앞서나간 말을 했을 때 기뻐해 주었던가.

두 사람은 부녀. 감성도 닮은 것일지도 모른다.

"정말, 다행이야. 만약 머리카락이 노란색이거나 빨간색인 그런 남자였다면 어쩌나 싶었다네. 그 나이에 머리를 물들이거나 귀에 구멍을 뚫는 남자 중에 제대로 된 녀석은 없으니까 말이다."

"…………."

"어떤가, 히로미치 군. 오늘은 모처럼 일찍 집에 돌아왔으니, 딸을 데리고 외식이라도 하러 갈까 생각했는데, 같이 가지 않겠나? 이제 슬슬 적당한 시간이기도 하고."

그 말을 듣고 시계를 보니 시각은 오후 여섯 시 반을 지나 있었다.

어느샌가 꽤 시간이 흘렀던 모양이다.

단지,

"모처럼 권해 주셔서 감사합니다만, 제 가족이 식사를 준비하고 있을 거라……."

나는 거절했다.

시구레에게 오늘 저녁 식사가 불필요하다고는 말해 놓지 않았다.

벌써 시구레가 저녁 준비를 시작하고 있을 무렵이기 때문이다.

분담이라고는 해도, 그저 시구레가 차려 주는 요리를 먹고 있을 뿐인 인간이 식사만 차려 놓을 대로 차려 놓게 하고서는 그걸 내팽개치는 것은 너무나도 최악이다.

게다가…… 좋은 사람인 것 같긴 하지만, 여자친구의 아버지와 같이 먹는 밥은 맛을 알 수 없게 될 것 같으니 말이지.

"오늘은 이만 가보겠습니다."

"오오, 그런가. 그러면 어쩔 수 없군. 가족과 단란하게 보내는 건 소중하지. 무척이나 말이야. 그럼 식사는 또 다음 기회에 하는 것으로. 하루카. 히로미치 군을 배웅해 주려무나."

"네~에."

그렇게 나는 하루카의 배웅을 받으며 귀갓길에 올랐다.

손을 흔들어 주는 하루카의 시선이 끊겼을 때, 어깨에 피로가 확 엄습해 왔다.

……솔직히, 엄청나게 지쳤다.

처음 가는 여자친구네 집에, 팬티에, 아버님과의 대면.

어쩐지 여러 일이 한꺼번에 일어나 힘겨운 하루였다.

그래도 뭐, 아버님께서 내게 호의를 품어 주신 건 수확이라고 할 수 있으리라.

하루카와 닮아, 다정해 보이는 사람이라 다행이다.

아버님은 즉, 시구레의 아버지이기도 한 것이기에 시구레와 닮았을 패턴도 있었다고 생각하면 무섭다. 진짜로, 그쪽 패턴이 아니라서 다행이다.

그저…… 뭐지, 그런 느낌 좋은 사람이기 때문에 오히려……

‘그 나이에 머리를 물들이거나 귀에 구멍을 뚫는 남자 중에 제대로 된 녀석은 없으니까 말이다.’

그 가시 돋친 말과 거기에서 드러나는 혐오가 묘하게 내 인상에 강하게 남아 있었다.

カノジョの妹とキスをした

I kissed My Girlfriend's Little Sister ❤

제10화 불의타×슈거러브

"네~, 오늘의 여고생 야근은 끝입니다."

평일 밤 10시쯤.

숙제를 끝낸 시구레는 그렇게 말하고는 샤프를 상에 내던졌다.

"수고했어. 역시 빠르네, 학년 차석은."

"오빠도 얼른 끝마쳐 주세요. 그리고 같이 마리오카트 해요, 마리오 카트. 뭣하면 제 것을 베껴도 좋아요."

"아니, 베끼는 의미가 없잖아."

"실례네요. 제가 틀리기라도 한다는 말인가요?"

"그게 아니라, 숙제하는 의미가 없지 않냐는 거야. 숙제는 끝마치는 게 목적이 아니니까."

"또 오빠답지도 않게 맞는 말을 하네요. 그만해 주세요. 마치 제가 머리 나쁜 여고생 같잖아요."

"알 바냐."

참고로 내 쪽의 진척은 어떻냐 하면, 아직 멀었다.

오늘은 여하튼 어느 과목에서나 숙제가 산더미처

럼 나왔다.

중간고사가 끝났다고 해서 쉬게 두지는 않겠다는 특진과의 명확한 살의가 전해져 온다.

"그리고 나는 숙제가 끝나면 내일 거 예습할 거니까, 게임 할 거면 혼자서 해."

"네~? 그런 거 시시해요~. 게임은 옆에 있는 상대랑 하니까 즐거운 거잖아요."

"그러면 시구레도 예습하는 게 어때."

"예습, 복습 같은 거 하는 의미 있어요? 보통 한 번 들은 건 이해되고, 안 까먹잖아요."

"수험 시즌에 그 말 했다간 살인이 일어날 거다."

"제가 보기엔 그게 안 되는 사람은 수업 중에 뭘 하고 있는 거냐는 느낌인데요."

과연, 그런 감각인가.

뭐, 집중력이라는 것도 개인차가 있으니까 말이지.

세상에는 불과 한순간 본 것만으로도 방대한 양의 숫자나 글자를 기억하는 사람도 있다는데, 시구레도 그런 부류인 건가.

"게다가 저 정도의 미소녀 여고생한테 공부 같은 건 필요 없죠. 솔직히 까놓고 말해서 태어난 순간부터 승리한 인생이고요. 배워서 손해 보지 않는 건 남자를 뜻대로 다루는 심리학 정도네요."

"그런 거 잘할 것 같긴 하지. 시구레는."

"타격감 좋은 샌드백 덕분이에요. 오빠♪"

"그거참 천만의 말씀을."

오빠라도 넌덜머리가 나는데, 이 녀석의 남편이 될 사람은 확실히 큰일이겠군.

분명 매일 휘둘리는 바람에 너덜너덜해질 것이다.

뭐, 얼굴에 속아 넘어가 본질을 꿰뚫어 보지 못한 바보의 말로니까 동정은 하지 않겠지만.

"그런 머리도 얼굴도 훌륭한 시구레 양과 다르게, 나는 돈이 되는 얼굴도 아니거니와 요령도 나쁘니까 예습 및 복습이 필요하단 말입죠. 혼자서 게임 하는 건 싫고 공부도 싫다고 한다면 TV라도 보고 있어. 음량은 낮추고. 이제 밤늦은 시간이니까."

"여자친구랑 판박이인 여자애의 권유인데, 매정하네요."

"그야 너는 하루카가 아니니까."

"제가 언니였다면 놀아 주셨을 거예요?"

“그 말도 안 되는 가정 이야기, 하는 의미 있냐?”

“……확실히. 그럼 오빠가 공부하면서 할 수 있는 놀이를 하죠.”

어어?

뭐야 그게, 하며 반쯤 뜬 눈으로 노려보는 내게, 시구레는 그 짓궂은 미소를 보였다.

“그건 눈싸움이에요. 저는 오빠를 가만히 쳐다보고 있을 테니까, 오빠는 집중이 끊어져서 공부할 수 없게 되면 지는 거예요.”

“아니, 안 할 건데.”

“오빠가 안 하셔도 저는 할 거예요. 자, 스타트.”

멋대로 시작해 버렸다. 무슨 이런 억지스러운 녀석이 다 있지.

시구레는 밥상 맞은편에 팔꿈치를 대고, 손에 턱을 괸 자세로 “지그시~.”하며 이쪽을 바라봤다.

윽…….

이렇게 말똥말똥 응시당하면, 겸연쩍다.

하루카와 쏙 빼닮은 얼굴이라는 건 즉, 내가 정말 좋아하는 얼굴이라는 뜻이고, 그 얼굴로 날 지그시 바라보면 어떻게 해도 두근거리고 만다.

나는 애써 눈길을 피하며 공부에 집중했다.

아니, 정확히는 집중하려고 했다.

하지만 눈길을 피해도, 시선은 느껴진다.

힐끔 눈길을 향했더니, 역시 시구레는 질리지도 않고 날 물끄러미 바라보고 있다.

고개를 살짝 기울이고는, 팔꿈치를 풀어 밥상에 뺨을 얹으며 치뜬 눈으로.

긴 속눈썹 아래, 동글동글하고 큰 눈동자 속에 내가 한가득 비친다.

……젠장. 역시 귀엽네, 이 녀석.

미소녀 여고생을 자칭할 만하다.

뭐라고 할까, 자신의 매력을 어떻게 드러내야 하는지 그 방법을 잘 알고 있다. 이런 얄궂은 짓은 시구레가 하루카보다 확실히 위다.

내게 하루카라는 연인이 없었다면, 분명 나는 이 녀석 때문에 이상해져 있었을 거라고 생각한다.

하지만 지금 내게는 하루카가 있다.

그렇기 때문에 이 소악마의 의도대로 집중이 흐트러지는 건 바람직하지 않다.

© Sabamizore

나는 노트로 시선을 되돌렸다. 그리고 시선을 되돌렸을 뿐만 아니라, 뚫어질 듯이 눈을 가까이 대서 시야를 좁혔다.

이건 나름대로 효과가 있었다.

나는 수식을 푸는 데 잠깐 동안 집중했다.

그러나 머잖아 시야 위쪽에서 하얀 손가락이 불쑥 솟아났다.

시구레의 손이다.

나는 애써 무시했다.

무시하고 있었더니, 하얀 손가락은 광택이 도는 손톱으로 내 노트 끝부분을 사각사각 긁었다.

아니, 정확히는 긁는 시늉을 하기 시작했다.

사각사각, 사각사각.

이쯤에서 이미 인내심의 한계였다.

"아니, 진짜! 성가셔! 뭐가 목적이야, 너는!"

"네, 제 승리~. 어째서 졌는지는 생각하지 않아도 되니까, 오빠는 저랑 게임 해주세요."

"그런 규칙은 듣지 못했다만! 아니, 그보다 조금 전부터 대체 뭐냐고!"

"거기 처음부터 숫자 틀렸어요. 6을 9로 계산하고 있어요."

"그런 건 빨리 좀 말해 주지 않겠습니까?!"

우와, 정말이잖아.

시구레의 손가락이 긁고 있던 곳. 노트에 적힌 수식 첫 부분부터 수치를 틀리고 있었다.

시야를 너무 좁힌 게 도리어 화가 된 것이다.

나는 할 수 없이 수식을 머릿속으로 다시 계산했다.

그런 나를 보며, 시구레는 질렸다는 듯이 말했다.

"오빠 은근히 공부벌레네요. 시간이 나면 공부하고 있고. 친구랑 놀거나 아르바이트 같은 건 안 해요?"

"딱히 안 노는 건 아닌데, ……듣고 보니 최근에는 그다지 제대로 논 적이 없네."

평소에는 제법 우리 집에서 친구들과 밤새 게임하거나 하는데, 시구레가 살기 시작한 것과 중간고사가 가까웠던 것, 토모에의 알바나 타케시의 부 활동 스케줄과 맞지 않는다는 등의 이유로 최근에는 그다지 기회가 없었다.

"그래도 알바는 여름방학에 조금 할 생각이야. 하루카한테 생일 선물도 사주고 싶고. 다만 여름 보충 수업도 나가고 싶으니까, 그때쯤에는 같이 하게 되겠지."

"그렇게 공부해서 뭐 할려구요? 뭔가 되고 싶은 거라도 있나요?"

"아니."

나는 고개를 가로저었다.

되고 싶은 건, 현재는 딱히 없다.

목표로서는 구제대*를 노리고는 있지만, 거기서 무언가를 하고 싶은 것도 아니다.

그저,

"되고 싶은 것도 하고 싶은 것도, 아무것도 없으니까 공부만큼은 하고 있어."

"……?"

"옛날에 아버지한테서 들었거든. 무언가 꿈을 찾게 되면 전력으로 그걸 노려라. 상황에서 따라서는 중퇴해도 좋다. 하지만 딱히 꿈을 찾지 못했다면, 공부만큼은 해 둬라. 그렇게 해 두면 언젠가 하고 싶은 걸 찾았을 때, 학력이 족쇄가 되는 일이 없어지니까, 라면서."

"헤에. 실례라는 걸 무릅쓰고 말씀드리자면, 아버지치고는 제대로 된 의견이네요."

* 구 제국대학의 준말로, 일본의 국립대학 중에서도 과거 제국대학의 명맥을 이어 온 7대 국립대학을 지칭 한다.

“정말 그렇지. 뭐, 아버지는 공룡학자가 되고 싶다고 생각한 게 고졸로 취직하고 난 뒤였다고 하니까. 그 부분에서 제법 고생한 거라고 생각해.”

분명 공업고등학교를 졸업한 뒤 취직한 마을의 공장을 그만두고, 4수 한 뒤에 나이 서른을 넘어 도쿄대에 들어가, 그 뒤에 캐나다에 있는 대학에 유학했다고 한다.

솔직히 경력은 대단하다고, 아들인 나도 생각한다. 저런 공룡 홀릭 중년이 자기가 좋아하는 일을 하며 이럭저럭 생계를 유지할 수 있는 건 학력이 있었기 때문에 가능한 거겠지.

“아마 나한테는 아무런 재능도 없어. 하지만 재능이 없어도 학력은 좋게 만들 수 있어. 그렇다면 나 같은 녀석이야말로 공부는 해야만 한다고 생각해.”

아무튼 학력—— 즉 대학 입시 같은 건 확실한 해답이 있는 세계다.

명확한 해(解)가 있고, 그걸 도출해 내는 이치도 정해져 있다.

그러니 노력과 끈기로 어떻게든 된다.

스포츠나 예술, 학문 같이 가진 사람과 가지지 못한 사람으로 둘로 딱 나누어지는 세계와는 다르니까.

“게다가 결국 하고 싶은 걸 찾지 못하더라도, 이 나라는 좋은 대학만 나와 두면 나처럼 요령 나쁜 녀석이라도 대기업 정규직이나 국가공무원이 될 수 있으니까. ……하루카한테 가난으로 고생시키는 건 싫고 말이지.”

“엑. 벌써부터 그런 앞날의 일을 생각하고 계신 건가요. ……무거워라.”

“시, 시끄러워. 아무 생각도 안 하고 있는 것보다는 낫잖아.”

몸을 뒤로 슥 빼는 시구레한테 항의했다.

……역시 여자 입장에서 보면 이런 생각은 기분 나쁜 걸까.

확실히 성미가 급하다고는 생각하지만, 그래도 장래에 관해 아무것도 생각하지 않고 연인과의 시간을 보내는 건 솔직히 나로서는 난도가 높은데 말이야.

내가 그렇게 부루퉁해져 있었더니,

“어쩔 수 없네요. 언니의 기둥서방이 되어도 곤란하니, 공부 중에는 장난치지 않아 드릴게요.”

시구레가 일어나서 부엌 쪽으로 걸어갔다.

뭘 하려는 건가 싶어 살펴보니, 그녀는 불 위에 주전자를 올려놓고 끓이기 시작했다.

커피라도 타려는 건가.

아무래도 포기해 준 모양이다.

……라고 생각할 만큼 나 역시 단순하지 않다.

이 여자의 수법은 이제 다 알고 있다.

애초에 내 말에 납득하고 물러날 정도로 기특한 성격이 아니다.

물러나는 것처럼 보여 놓고서, 한층 더 강한 일격을 내게 먹이기 위해 힘을 쌓는다.

그럴 게 뻔하다.

그래서 나는 방심하지 않는다.

그러자 잠시 후 시구레가 다시 내게 접근해 왔다.

이것 보라지, 역시나.

하지만 경계를 풀지 않는 내 틈을 찌르는 것은 불가능하다.

나는 뭐야 이 녀석, 하고 힘껏 노려보며 시선으로 위협하여 기선을 제압했다.

"자요. 오빠 몫."

"……어?"

그런 내게 시구레는 두 개 들고 온 머그컵 중 하나를 내밀었다.

"공부할 거면 우유랑 설탕은 빼는 편이 좋겠다 싶어서 블랙으로 했어요."

"내 몫도 있다니."

"제 거 타는 김이에요. 한 사람 분량이나 두 사람 분량이나 물을 끓이는 수고는 다를 게 없고요."

시구레는 그렇게 말하고는 내 맞은편에 앉아 리모컨으로 TV를 켰다.

그리고 음량을 줄인 뒤 자기 머그컵에 입을 대면서 TV를 보기 시작했다.

……혹시, 정말로 포기해 준 건가.

의심에 사로잡힌 내게, 시구레는 시선을 TV에 향한 채 말했다.

"조금 전 이야기, 무겁다고 하면 무겁긴 하지만요, 저는 좋아해요. 아무 생각도 하지 않는 원숭이보다, 앞날을 제대로 생각하는 남자 쪽이 훨씬 멋지다고 봐요."

"……그, 그러냐. 고맙다."

새삼 그런 말을 들으니 솔직히 조금 기뻤다.

완전히 독기가 빠진 나는 쑥스러움을 감추고자 시구레가 타 준 블랙커피에 입을 댔다.

그 순간, 나도 모르게 컵을 놓칠 뻔했다.

"윽?! 다, 달아! 이거 엄청 달다고!!"

"아하♡ 그건 분명 제 애정의 맛이네요♪"

"거짓말하지 마! 설탕 스틱 다섯 포쯤은 가볍게 부었는데!"

"네에~? 사랑이라고요~, 사랑. 진짜라니까요, 진짜."

깔깔거리며 만족스럽게 웃는 시구레.

……나 참, 아주 조금이라도 틈을 보이면 이 꼴이다.

악의로 범벅된 애정도 다 있구만.

나는 어이없어하면서, 뭐 그래도 공부한다면 카페인뿐만 아니라 당분도 섭취하는 편이 좋으려나 하고 긍정적으로 생각하고는 달고 단 커피를 홀짝이며 숙제로 돌아갔다.

달다는 것을 알고 나서는, 시구레가 타 준 커피는 상당히 맛있었다.

제 11 화 사랑하는×바이어스

"짜잔~! 이것 봐, 히로미치 군!"

중간고사 결과가 나온 6월 초.

점심시간에 나를 교내 식당으로 불러낸 하루카는 테이블에 앉자마자 내게 자신의 답안지를 자랑스럽게 내보였다.

점수는 대체로 높은 게 80점대, 낮은 게 50점대. 평균을 내면 70점대 정도일까.

"이번 중간고사, 과거 최고득점 받았어! 이것도 히로미치 군이 방과 후에 딱 붙어서 가르쳐 준 덕분이야!"

빛나는 듯한 만면의 미소로 내게 고마움을 전하는 하루카.

그다지 좋지 않은 나의 머리로도 이해할 수 있는 공부법이 하루카한테 딱 들어맞았는지, 그녀는 자신의 최고 점수를 일제히 갱신했다.

역시 시구레 언니라서 그런지, 나보다 훨씬 요령이 좋다.

"내 부족한 머리가 도움이 된 것 같아서 다행이야."

"그래서 오늘은 그 축하 파티야. 오늘은 내가 살게. 뭐든 먹고 싶은 거 말해줘. 쌩 달려가서 사 올 테니까."

"답례 같은 건 딱히 괜찮대도. ……하루카랑 같이 공부할 수 있었던 것만으로도 무척 즐거웠어."

이건 본심이다.

연인과 함께 공부하는 거, 엄청 동경하고 있었다고.

그러니 이미 충분히 보답받았다.

그렇게 말했지만, 하루카는 납득하지 않았다.

"즐거웠던 건 나도 마찬가지야. 하지만 나는 거기다 히로미치 군 덕분에 성적까지 좋아진 거니까. 그러니 학교 식당에서 밥 사는 것 정도는 하게 해줘? 그리고, 히로미치 군한테 받기만 해서는, ……다음에, 또 부탁하기 곤란해져 버려."

"엇, 그건 곤란한데."

다음 기말고사도, 그다음 2학기 중간고사도, 계속 하루카가 나한테 의지해 줬으면 한다.

아니, 그보다 평생 내게 의지해 줬으면 한다.

그렇다면 어쩔 수 없지, 하고 나는 하루카의 사례를 받아들이기로 했다.

“그럼 야키소바 빵이랑 주먹 멘치카츠 두 개.”

“옛서―! 하루카, 임무를 완수하고 오겠습니다!”

하루카는 마치 연극하는 것처럼 과장되게 경례하고는, 뛰어오를 듯한 발걸음으로 교내 식당 매점으로 향했다.

귀엽다.

신바람이 난 뒷모습을 보고 있는 것만으로도 행복한 기분이 든다.

그도 그럴 것이, 하루카는 날 위해서 빵을 사러 간 거잖아.

저런 귀여운 여자애가 날 위해서, 나를 기쁘게 해주려고.

최고잖아. 살아있길 잘했다.

“뭘 헤벌쭉한 표정을 짓고 계신 건가요.”

“으엑?!”

갑자기 하루카와 같은 목소리가 뒤쪽에서 들려와, 나는 너무 놀란 나머지 눈을 휘둥그레 뜨고는 뒤돌아봤다.

거기에는 하루카와 외모가 똑같은, 그러나 다른 교복을

입은 시구레가 A정식 그릇을 양손에 들고 서 있었다.

“……뭐야, 시구레냐.”
“뭐야라니, 귀여운 여동생한테 그게 무슨 말투에요.”

시끌벅적한 교내 식당이기 때문인지 시구레는 딱히 숨기지 않고 여동생이란 말을 입에 담았다.
그러고 나서 그녀의 커다란 눈이 테이블 위의 답안 용지를 포착했다.

“어라? 이거, 언니 답안지인가요?”
“그래.”
“……헤에. 언니는 옛날부터 공부를 싫어했는데, 점수 꽤 높네요.”
“평소에는 아슬아슬하게 낙제점을 면하거나 살짝 걸치고 있다는 것 같지만, 이번에는 열심히 공부했으니까 말이지. 나랑 같이.”
“그러고 보니 그랬죠. 과연. 다른 나라 언어를 배우고 싶다면 현지에서 연인을 만들라는 녀석인가요. 덧붙여서 이 시험 답안지의 주인은 지금 어디에?”
“중간고사 공부 가르쳐 준 답례로 밥 사겠다고 해서, 부탁한 거 사러 간 참이야.”

나는 그렇게 말하고는 매점 입구 인파 속에서 부대끼고 있는 하루카의 뒷모습을 손가락으로 가리켰다.

이에 시구레는 호들갑스러운 한숨을 내쉬었다.

"사귀기 시작한 지 얼마 되지도 않았는데 벌써 기둥서방 짓이라니, 팔자도 좋네요."

"실례구만. 정당한 보수라고."

"그래도, 그런가요. 합석 상대가 언니라면, 저는 냉큼 물러나는 편이 좋겠네요."

"뭐? 어째서?"

"저랑 오빠가 같이 있는 상황에서 언니랑 만나는 건 백해무익이잖아요. 오빠가 무심코 집안일 같은 걸 꺼내기라도 하면 치명상이라고요."

"그렇게까지 바보는 아니거든. 밥 정도는 같이 먹고 가. 하루카도 분명 기뻐할 거야."

"그리고 오빠의 얼빠진 얼굴을 보고 있으면 장난치고 싶은 충동에 휩싸여서 억누르는 게 큰일이고요."

"역시 지금 당장 어디 딴 데로 가 버려. hurry."

여자친구 앞에서 여자친구의 여동생한테 좋을 대로 농락당해서야 남자친구로서의 체면에 손상이 간다.

그러니 나는 쉭쉭, 하며 시구레를 손으로 쫓아냈다.

하지만, 조금 늦었다.

“아! 시구레다~! 야호~!”
“……방심하셨네요.”

우리 예상을 대폭 단축하여, 하루카가 점심 식사를 품에 안고는 돌아온 것이다.
연기자의 신체 능력을 얕보고 있었다.
역시나 취주악부와 나란히 쌍벽을 이루는 실질 운동부다.
하루카는 테이블로 돌아오자 내 앞에 주문했던 물건을 내려놔 주었다.

“자! 야키소바 빵이랑 주먹 멘치카츠 두 개, 오래 기다렸지!”
“고, 고마워.”
“시구레도 이제 점심 먹으려구?”
“네, 뭐어. 히로미치 씨가 혼자 쓸쓸하게 4인용 테이블을 점거하고 있는 걸 보고, 친구가 없는 거라면 제가 함께 먹어 줄까나 하고 말을 걸었던 참이에요.”
“있다고.”
“그런 거 같네요. 연인인 둘 사이를 방해해도 미안하니까, 저는 다른 곳을 찾을게요."

그렇게 말하고는 우리에게서 멀어지려 하는 시구레.
하지만 예상대로, 하루카가 만류했다.

"뭐어~? 시구레도 같이 먹자."
"모처럼이지만 사양할게요. 말한테 걷어차이고 싶지는 않으니까."
"하지만 다른 테이블 벌써 꽉 찼는걸?"
"…………."

그 말을 듣고 교내 식당을 둘러보니, 식당은 내가 과거 1년 동안 본 적이 없을 정도로 붐벼서, 의자는 우리가 있는 테이블을 제외하면 전부 꽉 차 있었다.
……바로 조금 전에 나와 시구레가 대화하고 있을 때는 아직 빈 자리가 있었던 느낌이 드는데, 이 녀석들 이런 핀포인트인 타이밍에 어디서 솟아난 거지.
이렇게 되면, 이미 A정식 그릇을 들고 있는 시구레를 쫓아내는 건 나로서도 꺼려진다.

"히로미치 군. 시구레랑 같이 먹어도 괜찮을까?"
"그, 그래. 나는 괜찮아. 시구레도 같이 먹자."

"이것 봐, 히로미치 군도 이렇게 말해 주니까, 응?"
"……그러면 사양 않고 감사히."

하루카의 제안을 받아들인 시구레는 하루카 옆, 내 대각선 맞은편에 앉아 비난의 시선을 찌릿 향했다.

『어째서 거절하지 않는 건가요.』
『아무리 그래도 싫다고는 할 수 없잖아. 달리 자리도 없고. 마음 좁은 남자라 여겨져서 미움받고 싶지 않다고.』
『나는 너와의 시간을 소중히 하고 싶어, 라는 말쯤 해주면 되지 않나요. 주변머리가 없는 사람이네요.』
『적어도 하루카는 그런 걸로 기뻐하지 않아.』
『……뭐, 그럴지도 모르겠지만요.』

거기에 반론은 없는지, 시구레도 그 이상 내 판단을 비난하지는 않았다.
피가 이어진 여동생인 만큼, 언니의 천성은 잘 이해하고 있는 거겠지.

『어쨌든, 이렇게 된 이상 협력해서 이 점심 식사 자리를 무사히 넘길 수밖에 없겠네요.』
『부탁이니까 하루카 앞에서는 장난치지 말아 줘. 나한테도 남자친구의 위엄이라는 게 있다고.』

『말하지 않아도 알고 있어요. 오빠의 위엄 같은 건 제 알 바 아니지만, 언니를 불안하게 만드는 건 제 본의가 아닌걸요. 그쪽이야말로 무심코 입 잘못 놀려서 집 얘기를 하지 않도록 해주세요, 진짜로.』

『그, 그래, 조심할게.』

눈을 깜박깜박하며 아이 콘택트로 미팅.

같이 사는 만큼, 이런 부분의 의사소통은 제법 익숙해진 느낌이 든다.

……그건 그렇다 쳐도, 이 녀석은 집 안이랑 밖에서가 정말로 다른 사람이군.

집에서는 그렇게나 날 곤란하게 만드는 주제에, 학교에서는 듬직함마저 느껴진다.

역시, 이 녀석에게는 하루카가 제일 소중하다는 거겠지.

그리하여 우리는 셋이서 점심을 먹게 되었다.

주된 잡담은 얼마 전의 중간고사에 대해서다.

시구레가 재빨리 그 화제를 꺼냈다.

이 자리를 리드해서 사적인 화제로 흘러가지 않도록 한 것이다.

역시나 빈틈이 없군.

나도 솔선해서 그 화제에 올라타 교사에 대한 불평 등을 중심으로 사이사이를 이어 나갔다.

이렇게 딱히 위태로운 느낌 없이 점심시간은 지나갔다.

갔는데,

점심시간이 끝날 때가 가까워졌을 즈음이 되어, 하루카가 약간 다루기 난처한 화제를 던졌다.

"그러고 보니, 히로미치 군과 시구레는 서로 옆자리지? 사이는 좋아?"

"……!"

흠칫했다.

시구레의 화제에 너무 장단을 잘 맞춰 주는 바람에 사이가 좋다고 생각된 건가?

아니 뭐, 확실히 나쁘지는 않지만.

그저, 여하간 시구레는 하루카와 판박이다.

사소한 계기로 하루카 안에 시기심이나 의심이 싹트게 만들어 버릴지도 모른다.

그게 나를 향한다면 그나마 괜찮지만, 하루카의 성격상 자신을 상처입힐 것 같아 두렵다.

여기서는 분명하게,

“아니, 전혀. 시구레하고는 오히려 견원지간이라고 할 끄악?!”

“라는 건 농담이고, 평범하게 서로 얼굴 보고 인사 정도는 나누는 사이예요. 중간고사가 끝난 뒤에 자리를 바꿔서 요새는 그다지 이야기하지 못했지만요.”

정강이이이! 이 녀석, 정강이를 핀포인트로 걷어찼어!

무슨 짓이냐며 항의의 시선을 향하자, 도리어 시구레는 날 노려봤다.

『오빠는 멍청이세요? 자기의 동성 친구랑 사이가 험악한 남자친구 같은 건 여자 입장에서 보면 왕창 감점이에요. 하물며 저는 언니의 친여동생이라고요? 언니한테서 미움받고 싶으세요?』

어? 그런 거야?

남자는 자기 여자친구랑 자기 동성 친구가 사이가 험악하든 어떻든 아무래도 상관없는데.

아니 그보다 친구의 여자친구 같은 건 흥미도 없다. 그런 건 나뿐인가?

『과도하게 거리를 둘 필요는 없어요. 그냥 가볍게 인사는 나누는 친구 정도의 포지션이면 충분하다고요.』
『미, 미안. 덕분에 살았어.』

확실히, 현실과의 차이가 너무 벌어지면 거짓말이 들키기 쉬워진다.
나는 시구레의 도움에 가볍게 고개를 끄덕여 감사를 표했다.
하지만 시구레의 이 말에, 정작 중요한 하루카가 납득하지 못한 기색으로 고개를 갸웃했다.

"그래? 철석같이 두 사람은 더 친할 거라고 생각했는데."
"엑, 어어어, 어째서 그렇게 생각한 거야?"
"왜냐면 히로미치 군, 시구레를 '시구레'라고 편하게 부르고 있잖아? 나를 '하루카'라고 이름으로 불러 줄 때까지 시간 제법 걸렸었는데. 그러니까 그만큼 마음이 잘 맞는 거려나 싶어서."

순간, 조금 전과 똑같은 곳에 정강이 걷어차기가 날아왔다.

『……지이인짜 쓸모없는 사람이네요. 이래서 같이 식사

하는 건 싫었다고요.』

『면목 없습니다.』

변명의 여지도 없다. 이건 완전히 내 실수다.

집에서『시구레』라고 편하게 부르는 것을 강하게 의식하고 있었던지라, 그걸 학교에까지 질질 끌고 와 버린 것이다.

큰일이다. 하루카를 편하게 부르는 데 2주나 걸렸던 입장에서, 이건 큰일이다.

대체 어떻게 변명해야…….

"언니. 그건 제 지금 성씨가 사토라서 그래요. 히로미치 씨도 성씨는 사토잖아요. 자기가 자기 성씨를 부르는 건 꽤 이상한 느낌이 드니까, 서로 이름으로 부르기로 한 거예요. 그러니까 딱히 사이가 특별히 좋다든가 그런 건 아니에요."

"아, 그렇구나. 나는 시구레를 시구레라고만 부르니까 잊고 있었어. 시구레도 지금은 사토 씨구나."

시구레 씨……!

잘도 그렇게 입에서 이 자리를 타개할 형편 좋은 말이 술술 튀어나오는군요!

그래도 솔직히 엄청 듬직하다.

나도 모르게 경칭을 붙이고 말 정도로.

시구레 씨가 이만큼 진심으로 서포트 해준다면, 이 상황도 극복할 수 있을 것 같은 느낌이 든다.

이때는 그렇게, 생각했는데,

"그래도 나는 시구레랑 히로미치 군이 좀 더 친해졌으면 좋겠어."

여기서 하루카는 우리의 얄팍한 관계에 불만을 표했다.

예상외의 반응이다.

자기와 쏙 빼닮은 사람이 남자친구와 사이좋게 지내기를 바라는 건.

시구레도 조금 놀란 기색으로, 그 이유를 되물었다.

"그건, 어째서인가요?"

"왜냐면 시구레는 옛날에 제법 낯을 많이 가렸었잖아."

"네? 제가요?"

"그다지 낯을 가린다는 느낌은 안 드는데."

"그렇지 않아. 얼핏 보기엔 누구한테라도 사교적이지만, 깊숙한 부분에는 못 들어오게끔 하고, 자기 쪽에서도 타인들 속으로 섞여 들어가려고 하지 않았어. 이건 낯을 가린다는 거지."

아아, 듣고 보니 확실히.

최소한의 관계는 맺고 지내지만, 그 이상 능동적으로 어울리려고는 하지 않는다.

그건 낯을 가리는 거라고 말할 수 있을지도 모른다.

"그래서 2학년부터 편입하는 거라 고립되지 않을까 걱정했는데, 히로미치 군이 시구레랑 친하게 지내준다면 안심할 수 있잖아? 왜냐면 히로미치 군은 무척이나 듬직하니까!"

""풉!""

순간, 나와 시구레 둘 다 웃음이 새어 나왔다.

……아니, 내가 봐도 듬직하다든가 하는 건 나하고는 전혀 인연이 없는 말이잖아.

대체 내 어디를 보고 하루카는 그렇게 생각해 주고 있었던 거지?

『풉, 제법 능숙하게 언니를 속인 모양이네요. 오빠.』

『웃음이 나오는 기분은 이해한다만, 부탁이니까 그걸로 장난치지 말라고. 하루카한테 괜한 의심을 사고 싶지 않다고 너도 말했잖냐!』

『네에, 네에. 알고 있어요. 약간 뜻밖이었던지라. 제대로 말 맞출게요.』

시구레는 A정식의 된장국을 다 마시고 한숨 돌렸다.

그렇게 함으로써 집에서 보여주는 그 짓궂은 미소가 될 뻔했던 표정을, 학교에서의 표준적인 미소로 되돌리고는 하루카에게 대꾸했다.

"……후우. 그러네요. 막 전학 왔을 무렵에는 뭐, 언니의 여동생이니까 그런 것도 있겠지만, 확실히 옆자리가 된 저를 여러 가지로 신경 써 줘서…… 미, 믿음, 믿음직스러웠답니다?"

아부하는 게 완전 서툴구만, 이 녀석.

"그렇구나. 그러면 앞으로도 시구레랑 사이좋게 지내준다면 기쁠 거 같아."

"물론이지. 하루카가 말하지 않아도, 말야."

왜냐면 나는 이제 시구레의 오빠니까.

이 즉답에 하루카는 기쁘게 미소 지었고, 그러나 금세 불안해 보이는 표정을 띠었다.

"아, 그래도…… 그렇게 되면 조금 불안할지도."
"불안이라니, 왜?"
"왜냐면 히로미치 군의 상냥하고 멋진 모습, 시구레한테 알려지면 시구레도 히로미치 군을 좋아하게 되어 버릴지도 모르잖아."
"커흑?! 콜록!!"

기도에! 기도에 주먹 멘치카츠 튀김옷이! 깔쭉깔쭉한 튀김옷이!
어, 어어어쩌지, 내 여자친구, 상상 이상으로 창피한 애인데?!
아니, 기쁘지만! 여자친구한테 그런 말을 듣는 건 남자친구로서는 고마운 일이지만!
그래도 제삼자 앞에서는 그만뒀으면 한다!
이런 재미있는 이야기를 듣게 되면, 소악마 시구레가 잠자코 있을 리가 없다.
지금 그 녀석은 어떤 얼굴로——

"!~~~, 풉, ……과, 과연, 그렇군요. 그건 확실히, 심각한 사태, 네요~."

엄청나게 바들바들 떨고 있어!

뺨의 근육이 움찔움찔하면서 경련하는 게 확실히 보인다.

이 녀석이 폭발하기 전에 어떻게든 하루카의 입을 막아야……!

"아, 아니~. 나는 그렇게 대단한 남자는 아니니까, 그렇게까지는 생각 안 하는데 말이지?! 하루카도 조금 편견이 과하게 들어갔다고 생각해. 응!"

"그렇지 않아. 히로미치 군은 남자답고 멋있다구? 그래서 좋아하게 되었는걸."

"아니아니. 나 같은 건 하루카한테 고백받기 전까지 여자들이 거들떠보지도 않았고."

"그건 다들 보는 눈이 없는 것뿐이야. 방과후 학교 때는 너무 옛날이니까 제쳐두겠지만 예를 들자면, 작년 문화제 뒷정리 때 히로미치 군 다른 반이었는데도 내가 옮기고 있는 쓰레기봉투 큰 쪽 들어 줬잖아. '남자가 할 일이니까'라면서. 그래서 내가 고맙다고 말했더니 등을 향한 채로 가볍게 손을 흔들어 줘서……. 그거 엄청 멋졌어!"

히이이익————!!

멋있다고 말해 줘서 기쁜데! 기쁘지만히이이익——!!

아니 그보다 새삼 다른 사람 입에서 듣게 되니, 나 진짜 오글거리는 놈이잖아!

어째서 그렇게 쓸데없이 폼 잡으려고 하는 거냐고?! 엄청 안 어울립니다만!

아니 그보다 그때 여자애가 하루카였구나! 지금 알았어!

쑥스러워서 등을 향한 채였으니까 얼굴 같은 건 전혀 기억하고 있지 않았다고!

"그리고 첫 데이트 때 일인데."

"아직 더 있어?! 잠깐! 하루카, 이 이야기는 인제 그만두지 않을래?! 그만해 주세요?!"

나도 모르게 애원. 하지만 하루카는 "안~돼."라며 귀여우면서도 무자비.

"왜냐면 히로미치 군, 자기가 대단하지 않다든가 그런 말을 하는걸. 그런 잘못된 인식은 여자친구로서 그냥 넘길 수 없지. 그러니까, 첫 데이트 날 말이야. 그날 히로미치 군, 줄곧 도로 쪽에 서서 걸어 줬잖아. 벤치에 앉을 때는 손수건을 깔아 주거나, 차를 마실 때는 내가 화장실에 간 사이에 계산까지 끝마쳐 줬고. 어쩐지 내가 공주님이 된 것 같아서 즐거웠어. 나는 그때 생각했어. '신사'라는 건 히로미치 군 같은 사람을 말하는 거구나~ 하고."

아아아아아악~~~~~~!!

그만! 첫 데이트로 들 뜬 바람에 뭘 하면 좋을지 몰라서, 『실패하지 않는 첫 데이트 매너』로 구글 검색한 내 데이트 플랜을 적나라하게 이야기하는 거 그만둬! 어쩔 수 없잖아! 동정한테는 믿을 수 있는 게 인터넷밖에 없다고!

하루카는 제법 순진한 면이 있는 애니까 호의적으로 받아들여 주지만, 성격 나쁜 시구레 입장에서 보면 실소를 금할 수 없을 것이다.

나는 쭈뼛쭈뼛 시구레의 낌새를 살폈다.

그리고, 나는 놀랐다.

나조차 웃음이 나올 것 같은 지금의 이야기를 들었음에도 불구하고, 그 짓궂은 시구레가 평소에는 야무지지 못한 입가에 지금은 조금의 미소도 띠고 있지 않았기 때문이다.

"……언니는 히로미치 씨를 정말로 좋아하네요."

"물론이야. 그렇지 않으면 고백 같은 거 안 했는걸. 그러니까 히로미치 군이랑 친하게 지내주었으면 하지만, 좋아하게 되면 안 된다?"

"……만약 그렇게 되면, 언니는 어떻게 하시겠어요?"

"어?"

“제가 히로미치 씨를 좋아하게 되면, 언니는 귀여운 여동생을 위해서 양보해 주실 수 있나요?”

야, 야야. 무슨 말을 꺼내는 거지, 이 녀석.

아니 그도 그럴 것이, 그런 있을 수도 없는 일을 하루카한테 물어봤자 무의미하다.

나는 시구레의 의도를 파악하지 못해 곤혹스러워했다.

무슨 생각이냐며 입을 열려고 했다. ―하지만,

“싫어. 죽어도 싫어. 용서 안 할 거야, 그런 거.”

하루카의 단호한 어조에 기선을 제압당해, 내 말은 목에서 나오지 않았다.

봤더니 하루카는 시구레에게 적의마저 담긴 시선을 향하고 있었다.

……뭐, 뭐지. 이 찌릿찌릿한 분위기는.

내 웃긴 실패담에서 어째서 이런 분위기로?!

그러나 그 아픈 침묵은 그리 길게는 이어지지 않았다.

참다못한 것처럼, 시구레가 작게 웃음을 터뜨렸기 때문이다.

“하―――. 뭐라고 할지, 으음, 잘 먹었습니다!”

© Sabamizore

"시구레?"

"이제 배가 꽉 찼어요. 언니한테 이런 표정을 짓게 만들다니, 히로미치 씨도 여간내기가 아니네요."

히죽히죽, 입가에 짓궂은 미소를 띠는 시구레.

그건 내가 잘 아는 시구레였다.

그런 시구레의 표정을 보고, 하루카도 어깨에서 힘을 뺐다.

"정말, 깜짝 놀라게 하지 마! 남을 놀리는 그 나쁜 버릇, 옛날이랑 변한 게 없네."

"그래?"

"그렇다니까. 시구레는 옛날부터 심술궂어. 내가 공포 영화 때문에 인형을 질색하게 된 다음 날에는, 평소에는 가지고 놀지도 않는 인형으로 논다거나, 내가 매미를 기겁하는 걸 알면서도 곤충채집 상자에 한가득 잡아 오거나!"

저, 전혀 성장하지 않았어……!

오빠인 나한테도 똑같은 짓을 하고 있어, 라고는 이 자리에서는 말할 수 없기에 시선만으로 항의.

시구레는 혀를 날름 내밀고 말했다.

"천성이라서요. 좋아하는 사람한테는 장난을 치고 만답니다."

그때였다.

점심시간 종료를 알리는 예비종이 울린 것은.

이걸 들은 하루카는 의자에서 일어났다.

"아차. 나 다음 시간 체육인데. 서둘러 갈아입어야……! 그렇지, 히로미치 군."

"뭔데?"

"오늘은 부 활동 늦어지니까, 먼저 가줘. 대신에 주말에 잔뜩 메꿀 테니까."

"알았어. 주말 기대하고 있을게. 부 활동 열심히 해."

"응! 시구레도 바이바이!"

"안녕히 가세요."

짧은 스커트를 팔락팔락 나부끼며 뛰어가는 하루카.

시구레가 그걸 지켜보며, 놀리는 듯한 느낌이 아니라 굳이 말하자면 감탄한 듯한 어조로 말했다.

"사랑받고 있네요, 오빠."

"……응. 가끔 부끄러워지지만."

"그래도 그 정도가 기쁜 거죠."
"그야 물론이지."

엄청나게 기쁘다.
이 넓은 세상에 나를 저렇게나 사랑해 주는 애가 있다.
그 충족감은 도저히 말로 표현할 수 있는 게 아니다.

"아~아. 언니 즐거워 보여. 나도 남자친구 사귀고 싶어라~."
"만들면 되잖아. 시구레라면 얼마든지 원하는 대로 사귈 수 있을 텐데. 하루카랑 똑같이 미인이고."
"내 어리광을 뭐든 들어주고 키가 180cm 이상에, 슬림한 체형을 가진 산뜻한 얼굴이면서 불로소득이 연 4천만 엔 있고, 무슨 일이 있어도 내 편을 들어 주고, 내가 이유 없이 화내도 다정하게 대해 주고, 여자를 성적으로 보지 않고 사랑해 주는 도쿄 도내에 부동산을 가진 신사적인 남자친구 사귀고 싶어라~."
"욕심쟁이 세트 그만둬."

없다고, 그런 남자. 츠치노코*를 찾는 편이 더 가능성 있겠다.

* 일본의 각종 이야기에서 자주 등장하는 미확인생명체.

"그, 뭐냐. 모처럼의 고교 생활이니까, 시구레도 괜찮은 사람을 찾는다면 좋겠네."

"……괜찮은 사람은 이미 있는데 말이죠."

"응? 뭐라고?"

"아무것도 아니에요. 그것보다 저희도 슬슬 가죠. 수업에 지각하겠어요."

"으앗!"

나는 시구레의 A정식 쟁반을 들고 일어났다.

한순간 가슴이 철렁해진 때도 있었지만, 오늘은 시구레 덕분에 살았다.

쟁반을 반납하러 가는 것 정도는 도와주지 않으면 미안하다.

"닭튀김 맛있다~."

씹은 순간 '바삭'하고 부서지는 튀김옷.

직후에 '주륵'하고 입안에 퍼지는 육즙의 격류.

그리고 콧속을 지나가는 향신료의 자극적인 향기.

역시 갓 튀겨 낸 닭튀김은 최고다.

"요리도 잘하고, 마음 씀씀이도 좋고 거기다 세상에서 두 번째로 귀여운 미소녀. 응, 시구레는 좋은 아내가 될 거야. 오빠인 내가 보장하지. 아하핫!"

나는 진심에서 우러나온 찬사를 맞은편에 앉은 시구레에게 보냈다.

정말로 대단하다.

시구레가 오고 나서 우리 집 식탁이 참으로 풍요로워졌으니.

아무리 감사해도 모자랄 지경이다.

그런 마음을 전하는 내게 시구레는,

"저기, 질문 괜찮나요?"

"응? 뭔데?"

"평소보다 5할 정도 더 기분 나쁜데요. 뭔가요, 그 들뜬 기색은."

하하하, 요 녀석.

기껏 칭찬했는데 뭐냐고, 그 말투는.

하지만 그런 얄미운 말버릇도 지금은 기분 좋게 느껴진다. 왜냐면,

"그게~, 내일 하루카랑 데이트거든. 중간고사도 끝났으니 오랜만의 진짜 데이트! 최근에는 줄곧 데이트라고 해도 스터디 모임이었으니까, 벌써부터 기대되고 또 기대돼서! 그런 이유로 지금은 세상 모든 것에 상냥하게 대할 수 있는 기분이야. 그야말로 동의 없이 닭튀김에 레몬즙을 뿌려도 용서할 수 있을 정도로 말이지."

"그럼 사양 않고."

촤악!!

"…………."

"어때요? 용서되나요?"

"응. 아슬아슬했지만 용서할 수 있었어. 아슬아슬하지

만.”

“의외로 도량이 작네요.”

어쩔 수 없다.

평상시였다면 이미 전쟁 개시였다고.

아슬아슬하게 용서할 수 있었던 것만으로도 대단한 줄 알아.

내가 그렇게 생각하며 레몬즙으로 눅눅해진 닭튀김을 씹고 있자, 불현듯 스마트폰이 울렸다.

무료 통화 콜.

표시된 상대는,

“하루카!”

“이건 갑작스러운 약속 취소네요, 틀림없어요.”

“불길한 말 하지 마!”

“참고로 여자의 갑작스러운 약속 취소는 ‘잘 생각해 봤더니 역시 당신은 기분 나빠서 같이 거리를 걷지 못하겠어요. 두 번 다시 가까이 다가오지 말아 주세요’라는 의미예요.”

“그만해! 가령 약속 취소라고 해도 하루카는 다르니까! 잠깐 전화 받을 테니까, 일단 조용히 하고 있어 줘.”

“네~에.”

시구레가 그렇게 말하고 나서 닭튀김을 입에 집어넣는 걸 확인한 뒤, 나는 거실에서 복도로 나왔다.

거기서 통화를 눌렀다.

"여보세요."

"안녕, 히로미치 군. 하루카인데, 지금 괜찮아?"

"괜찮아. 저녁 먹던 참이었는데, 거실에서 나왔으니까."

"앗, 그렇구나. 타이밍이 안 좋았네. 나중에 다시 거는 편이 좋으려나?"

"아니, 잠깐이라면 괜찮아. 무슨 일이야?"

"그럼 짧게 이야기할게. 내일 데이트 말인데——"

"으,"

내일 데이트.

하루카의 입에서 그 말을 들으니 갑자기 불안해진다.

설마 진짜로 약속을 취소한다거나……?

"그게, 히로미치 군이랑 나, 이제 사귀기 시작한 지 두 달 정도 되잖아?"

"으, 응."

"그동안에 서로 이름으로 부를 수 있게 되었고, 그, 아직 조금 부끄럽지만 손도 잡고 걸을 수 있게 되었고, 게다가 그 뭐야! 요전에 우리 집에서, 사, 살짝 분위기가 좋은 느낌이 되었잖아? 제, 제법 괜찮은 느낌이라고 생각해, 우리들!"

"어, 어어."

"그, 그래서 말이야, 히로미치 군. 전에 말해 줬잖아? 한 달로 손을 잡을 수 있다면 평생으로는 얼마나 더 사이 좋아질 수 있겠냐고 말이지!"

"아, 아아. 말했지."

지금 떠올리는 것만으로도 창피하다.

고등학생 주제에 평생이라니, 진짜 무슨 말을 하는 건지.

……서, 설마.

그때는 웃으면서 넘어가 준 것처럼 생각했지만, 사실은 기분 나빠하고 있었다거나?!

조금 전에 시구레가 말한 갑작스러운 약속 취소의 진의를 생각해 내고는 한기를 느꼈다.

하지만, 그런 게 아니라――

"나…… 정말로 기뻤어. 나랑 쭉 함께 있고 싶다고, 그렇게 생각해 준다는 걸 잘 알 수 있었으니까. 그러니까, 말이야. 나도, 조금 더 힘내야겠다고 생각했어."

"힘낸다니, 뭘……?"

"히로미치 군과, 연인으로서의 다음 스텝을 밟을 수 있도록."

"어?!"

"읏~! 오, 오늘은 일단 그걸 전하고 싶었어! 도망칠 길을 스스로 막아 놓지 않으면 여러 가지로 말하기 힘들어질 것 같았으니까! 그, 그럼, 내일 평소 만나던 역에서 12시에 기다리고 있을 테니까! 잘자!"

내가 무심코 낸 기묘한 목소리에, 부끄러워진 것일까.

하루카는 도망치다시피 쉬지 않고 말을 쏟아내고는 전화를 끊었다.

앱이 통화가 끊어졌음을 알리는 시스템 소리를 울렸다.

나는 그래도 스마트폰을 귀에 댄 채 가만히 서 있었다.

귀에 반복되는 것은 조금 전에 하루카가 한 말.

그건 이미, 얼버무릴 여지도 오해의 여지도 없을 정도로 명확한 의사표시였고——

"시, 시구레에! 시구레시구레시구레에에!!"

그녀의 말이 이해되어 간신히 뇌에 스며들자, 내 머리는 미처 다 처리할 수 없는 기쁨과 놀람과 부끄러움에 패닉 상태에 빠졌고, 나는 구원을 요청하는 것처럼 거실로 뛰어 들어갔다.

“네, 네네네. 저는 네 명이나 있지 않아요.”

“지금 하루카한테서 전화가 와서, 내일, 여, 연인으로서의 다음 스텝으로 나아갈 수 있도록 힘내고 싶다고, 그런 말을 했어! 지금!”

“……! 헤에. 잘된 일이지 않나요.”

시구레는 한순간 놀라서 눈을 크게 떴지만, 이내 시시하다는 듯한 표정을 지었다.

“그래서, 그 연인 자랑을 닭튀김과 같이 반찬으로 삼으라고요? 속이 더부룩해질 것 같은데요.”

“그런 게 아니라! 다, 다음 스텝이라는 건, 요전에 손을 잡은 그다음이라는 거니까, 역시 그건가?! ——포옹인가?!”

“또 제법 눈금이 세세한 사랑의 자를 가지고 계시네요. 오빠는.”

어? 아니야?!

"하지만 포옹이 아니라면 대체……."

"보통 오빠랑 언니 단계에서 다음이라고 하면, 키스 아닌가요?"

"키, 키키키키, 키스으으으?!?!"

진짜로!?

아니, 연인 사이가 키스하는 건 당연하고, 요전에는 키스할 수 있을 듯한 분위기가 만들어지긴 했지만, 내일 거기까지 가 버리는 건가?!

내일, 하루카의 그 도톰한 입술과 내 입술을…… 우와, 우와아아아!

"쩐다, 엄청 두근거리기 시작했어! 저, 저기 시구레! 키스라는 건 어떻게 하면 되는 거지?! 한 적이 없으니까 잘 모르겠는데, 뭔가 이렇게, 꼭 지켜야만 하는 매너 같은 거라도 있냐?! 여자 입장에서 NG인 행위라든가! 너 그런 거 빠삭하잖아, 좀 가르쳐 줘!"

"오빠는 저를 뭐라고 생각하고 계신 건가요."

시구레가 타박하는 듯한 시선으로 나를 바라봤다.

철석같이 시구레는 그런 경험이 풍부할 거라고 생각했는데, 그렇지도 않은 건가.

내가 그렇게 생각하고 있자, 시구레의 표정에 변화가 일어났다.

평소의 짓궂은 표정으로 변한 것이다.

가늘게 뜬 눈 안쪽에 질척한 광채를 깃들인 가학적인 표정.

알 수 있다.

다음에 입을 열면, 이 녀석은 절대로 제대로 된 말을 꺼내지 않을 것이다.

"그래도 뭐, 그렇게 불안하다면 오늘 중에 연습해 두시겠어요?"

"하? 연습? 키스를?"

"네. 그 왜, 눈앞에 마침 딱 좋은 연습 상대가 있잖아요? 오빠의 소중한 여자친구와 얼굴 생김새도, 체형도, 목소리도, 몸의 체취까지 완전히 똑같은 쌍둥이 여동생이."

"?!"

"절 언니라고 생각하고, 키스 연습을 하면 되지 않나요. 그렇게 하면 내일, 창피를 당하지 않고 그치지 않겠어요?"

이것 보라지! 터무니없어!

진짜, 이 녀석은 이런 말만 해 대고 말이야!

"바보야! 그런 짓, 할 수 있을 리 없잖아!"
"저는 신경 안 쓰는데요~?"
"신경 쓰라고! 여자애니까, 농담이라도 그런 말을 입에 담는 거 아니야!"
"……후후, 오빠는 상냥하네요. 정말로 상냥하기도 하셔라. 그런 느낌이라면 언니와는 그다지 오래 갈 것 같지는 않네요."

……뭐?
갑자기 오싹할 정도로 차가워진 시구레의 목소리에, 피했던 시선을 도로 되돌렸다.
시구레는 웃고 있었다.
평소의 짓궂은 미소가 아니다.
벌레를 내려다보는 듯한 냉혹한 미소였다.

"그건, 무슨 의미야."
"말 그대로의 의미예요. 머지않아 언니와는 파국에 이르게 될 거라고 말한 거예요."
"어, 어째서 그렇게 단언 할 수 있는 건데!"
"단언할 수 있어요. 오빠처럼 상냥하지 않은 사람은 여자애라면 누구든 넌덜머리가 날 테니까요. 오빠는 조금 더…… 그러네요, 같은 반으로 말하자면 아이자와 씨 같은 사람의 상냥함을 본보기로 삼는 편이 좋아요."

"하아아?! 아이자와아?!"

나도 모르게 얼빠진 소리가 나왔다.

그도 그럴 것이, 어쩔 수 없다.

아이자와 아키라. 특진과 2학년인 클래스메이트.

언제나 교실에서 비슷비슷한 패거리들과, 따먹은 여자 이야기를 화제로 삼아 낄낄 웃는 경박한 남자다. 물론 여자들 사이에서도 평판은 상당히 나쁘다.

내가 상냥하지 않다는 말을 들은 건 둘째 치고, 비교 대상으로 그 아이자와를 꺼내면 그야 이상한 목소리도 나온다.

"아이자와야말로 여자의 적이잖아. 언제나 여러 여자를 갈아치우고! 그 녀석 때문에 운 여자애가 우리 반에만 해도 몇 명인데……!"

"하지만 여자들이 좋아하죠. 여자가 옆에 없는 날이 없을 정도로."

"윽, 그건 얼굴이 괜찮으니까."

"그렇게 말할 정도로 잘생기지는 않았어요. 세련된 느낌은 있지만 말이에요. 외모로 말하자면 오빠와 큰 차이

없어요, 그 사람."

……실은, 아이자와의 외모가 그렇게 좋지 않다는 건 나도 느끼고 있었다.

나와 같은지 어떤지는 제쳐두고, 토모에와 비교하면 일목요연하다.

이목구비나 세세한 파츠의 퀄리티가 근본적으로 다르다.

그렇기 때문에, 어째서 그런 녀석이 인기가 많은 거지, 하는 의문이 있었던 것도 사실이다.

그걸 적확하게 찌르는 말에, 나는 반론을 제기할 수 없었다.

내가 반론하지 못하고 있자, 시구레는 뒷말을 이었다.

"여자들은 자주 이렇게 말하죠. 상냥한 사람이 좋다고. 그걸 말이죠, 오빠 같은 인기 없는 남자는 액면 그대로 받아들이는데요. 그거 완전히 착각하고 있는 거예요. 여자가 하는 말은 언제나 주관이에요. 즉, 이 경우 상냥하다는 말은 일반적으로 말하는 상냥함이 아니라, 여자친구인 자신에게 상냥하다―― 즉, 자기한테 편안한 남자라는 것. 아이자와 씨는 일반적으로 말하는 상냥함과는 거리가 먼 난봉꾼이지만, 그 사람을 남자친구로 사귄 여자는 그 사람의 여자친구로 있는 동안, 무척 행복할 거예요. 왜냐면 그 사람은 망설이게 하지 않으니까."

"망설이게 하지 않아……?"

"그는 나를 정말로 좋아할까. 어디까지 다가가면 호의적으로 받아들여 줄까. 오늘은 좀 더 거리를 좁혀야 했던 건 아닐까. 오늘은…… 내가 싫어하게 되지는 않았을까. 밀거나 당기는 등, 이것저것 생각하게 되죠. ――그만큼 생각을 한다는 건, 힘든 일이겠죠?"

아…….

"아이자와 씨 같은 사람은 말이에요, 여자한테 그런 답답한 생각을 시키지 않아요. 생각할 틈도 없을 정도로 능동적으로 움직여서, 여자를 불안하게 만들지 않아요. 성가신 과정은 건너뛰어 버리고, 연애의 즐거움만을 그저 일방적으로 안겨주는 거예요. 그건 일반적으로는 아무리 경박하다는 말을 들을지언정, 여자친구 입장에서 보면 상냥함이잖아요? 그래요, 그 사람은 상냥해요. 언니를 잔뜩 고민하게 만든 끝에 자기 퇴로를 끊는 그런 전화를 하게 만든 오빠보다, 훨씬."

"――!!"

받아칠 말이, 나오지 않는다. 아무 대꾸도, 할 수 없다.

납득하고 만 것이다.

내 안에 있었던 '여자한테 상냥하게'라는 상식.

그것이 근본부터 잘못되어 있었음을.

아니, 상식으로서는 잘못되지 않았어도, 그걸 연인이라는 관계에 있는 여자에게 그대로 적용하는 건 잘못된 것이었음을.

그래서, 하루카에게 그런 전화를 하게 만들었다.

"하지만 이건 지난 일이에요. 지난 일을 이야기해 봤자 어쩔 수 없죠. 문제는 오빠가 이제부터 어떻게 할 것인가. 이대로 키스도 언니가 해주기를 기다리실 건가요? 언니가 고민하고 또 고민해서, 오빠의 말 한마디 한마디에서 한 걸음을 내디딜 수 있는 근거를 찾아내 가까이 다가와 주기를 기다리실 건가요? 아니면 이번에는 오빠가 먼저 용기를 내어 거리를 좁히실 건가요?"

"무, 물론 내가——"

"아핫!"

내가 하겠어.

그렇게 꺼내려 했던 말을, 시구레는 바보 취급하다시피 가로막았다.

"오빠가 그런 걸 할 수 있을 리 없잖아요."
"뭐?!"
"가짜 언니에 불과한 저를 상대로도 강하게 나오지 못하는 약해 빠진 오빠가, 소중하디 소중한 연인인 언니 상대로 과감한 행동을 할 수 있을 리 없지 않나요. 어차피 언니의 마음이 중요하니까~ 어쩌고저쩌고하면서 형편 좋게 자기가 움직이지 않을 이유를 찾아낼 게 뻔해요. 오빠도 사실은 알고 있지 않나요? 자기가 그런 인간이라는 걸. 그 증거로, 이렇게나 바보 취급당하고 있는데도 저한테 아무런 대꾸 하나 못 하고 있잖아요. 푸풉."
"큭."

어째서,

"괜찮다고요? 저를 언니랑 하기 전의 연습 상대로 사용하셔도. 조금 전부터 오빠를 열받게 하는 이 입을 억지로 틀어막아도 돼요. 다른 누구도 아닌 저 자신이 괜찮다고 말하고 있다고요. 그래도 못 하시겠어요?"
"크윽~~~!"

어째서 그렇게까지,

"……이것 봐, 아무것도 못 하잖아. 정말로 한심한 사람이네요. 이 조무래기. 잔챙이~! 역시 오빠와 언니는 그리 오래 가지 않겠네요. 뭐, 저로서는 언니한테 비밀로 해두는 귀찮음이 사라지니까 얼른 깨져 주는 편이 큰 도움이 되지만요. 아니다, 모처럼이니 오빠는 제가 받아 드릴까요? 저, 약하고 한심한 오빠를 꽤 좋아하니 말이에요."

"그만 좀 적당히 해!!!!"

나를 깔보는 눈동자.

비웃는 입술.

거기서부터 노래하는 것처럼 술술 튀어나오는 모멸.

그것들 전부에, 마치 뇌수가 타버린 것처럼 머릿속이 뜨거워졌다.

분노가 울컥 치밀었다.

그 비유가 얼마나 정확한지, 나는 아마 태어나서 처음으로 몸소 실감하여 알게 되었다.

충동 그대로, 평소라면 생각하지 않을 행동을 한다.

도발하는 시구레를 완력으로 난폭하게 넘어뜨려 깔아 눕힌다.

양팔을 붙잡고 다다미에 강하게 밀어붙이고, 거기다 체중을 가하기 쉽도록 위에 올라타 누른다.

설마 내가 도발에 넘어올 거라고는 생각 못 했겠지.

시구레의 눈이 놀라움으로 인해 크게 뜨인다.

움찔하고는 몸을 경직시키며 혼란스럽게 눈동자를 이리저리 움직인다.

그런 시구레를 나는 강제로 꽉 짓누른다.

여자애한테 이렇게까지 난폭한 짓을 한 건 언제 이래일까.

초등학생? 유치원생? 기억에조차 없다. 어쩌면 태어나서 처음일지도 모른다.

그렇다. 그런 짓을 하고 말 정도로 머릿속이 뜨거워져 있다.

뜨거워진 지금이기에, ――나 자신도 무슨 짓을 할지 알 수 없다.

하지만,

"――――――――, 읏."

다음 순간, 타오를 듯이 뜨거웠던 내 머릿속은 냉수를 확 끼얹은 것처럼 차가워졌다.

시구레의 손목을 붙잡은 내 손.

거기에 내 구속을 뿌리치려고 하는 시구레의 저항이 돌아온다.

어떻게 이렇게도 보잘것없는 저항일까.

무언가 격투기의 소양은 있었을 텐데도.

그게 아니면 단련해도 여자의 힘으로는 자기 위에 올라타 누르고 있는 남자를 밀쳐 내는 건 불가능하다는 건가.

내 손안에 쏙 들어오는 가느다란 뼈, 얇은 살.

남자의 것에 비하면 너무나도 가냘픈 팔에 연약한 힘.

내가 그럴 마음이 들면 이 연약한 생물을 어떻게든 할 수 있다.

연인과 쏙 빼닮은 이 여동생에게, 무슨 짓이든지.

손바닥 안에 있는 그런 확실한 느낌에,

"미, 미안!"

나는 오싹해졌다.

황급히 시구레의 손을 놓고 일어섰다.

그런 내게, 시구레는 악의 없는 미소를 향했다.

"……하면 할 수 있잖아요."

"!"

"뭐, 이렇게까지 억지로 밀어붙이는 건 조금 감점이지만, 아무것도 하지 않는 것보다는 훨씬 나아요."

"무슨 말을 하는 거야, 시구레?"

"무슨 말이라뇨, 오빠가 여자 입장에서 NG인 행위가 있다면 가르쳐 달라고 말했으면서. 아시겠나요. 애초에 오빠는 여자를 너무 소중히 대해요. 아아, 다르네요. 소중히 대한다기보다 너무 무서워한다고 말하는 편이 좋을지도 모르겠어요. 하지만 뭘 하든지 간에 서로의 거리를 재는 것처럼 접한다면, 언니 쪽도 정신적으로 지치고 말아요. 좀 더 감정을 보여주도록 하세요. 자신의 감정을 숨긴 채로, 언니의 감정만을 알려고 하지 마세요. 그건 경우에 따라서는 언니를 놀라게 하거나 무서워하게 만들지도 모르지만, 행위의 근저에 애정이 있다면 그걸 용서하지 않을 정도로 언니도 속이 좁지는 않겠죠."

"…………."

"네. 이걸로 시구레 선생님의 NG 강의는 종료예요. 자, 얼른 먹어 주세요. 그릇 정리하고 싶으니까요."

……그런가. 이제야 알았다.

'장난'과 '다툼'의 일선을 그만큼 정확하게 분별할 수 있는 시구레가, 어째서 조금 전에 한해서는 그렇게나 그 영역을 침범해 온 것인지. 내가 냉정함을 잃을 정도로 건드려 댄 그 이유를.

시구레는 내게, 여자한테 감정을 감정 그대로 부딪치는 경험을 시켜 준 것이다.

그리고 그건 분명 나를 위해서가 아니다.

하루카를 위해서다.

"……시구레는, 꽤 다정하단 말이지."

"이제와서 알아차리신 건가요. 보는 눈이 없네요."

시구레는 아마 화를 내고 있었던 것이다.

자기 언니한테 그런 전화를 하게 만든 오빠에게.

실제로 그건 당연한 거라고 지금은 생각한다.

나는 하루카의 전화로 바보처럼 들떠 올라 있었을 뿐, 다음 스텝으로 나아가야 할지 아닐지에 대한 고민을 전부 하루카한테 떠넘기고 있었다.

그 전화를 걸기까지 하루카가 얼마나 망설이고, 고민했을지.

전화를 건 후에, 얼마나 긴장하고 있었을지.

그걸 생각하면, 지금은 들떠 오르기는커녕 너무나도 한심한 자신을 후려갈겨 주고 싶어진다.

그건 분명, 시구레가 지금 내게 품고 있는 감정과 마찬가지다.

그렇기 때문에, 나는── 시구레에게 맹세했다.

"저기, 시구레. 나, 내일 반드시 하루카와 키스할 테니까. 물론 내 쪽에서 먼저. 어쩌면 깜짝 놀라게 해서, 거부

당할지도 모르지만, 그래도 반드시 내가 먼저 하겠어. 고백은 저쪽에서 해줬으니까. 이 정도는 하지 않으면, 확실히 남자로서 좋은 본보기가 못 될 테니까."

"……뭐, 열심히 해보면 되는 거 아니겠어요?"

"응. 힘낼게, 나."

カノジョの妹とキスをした

I kissed My Girlfriend's Little Sister

"그럼 다녀올게."

"네. 무운을 기도하고 있을게요. 오빠."

"……응."

조금 쑥스러운 듯이 고개를 끄덕이고 나서, 오빠는 출발했다.

나는 문이 닫힐 때까지 손을 흔들며 배웅했다.

그의 얼굴은 조금 졸려 보였다.

어제 언니한테서 걸려온 전화가 원인일 것이다.

어제는 새벽 3시까지 코를 고는 소리가 들려오지 않았다.

긴장해서 잠들지 못했겠지.

"……자, 그럼."

나는 오빠를 배웅한 뒤 부엌에 섰다.

준비하는 건 오빠를 위한 저녁밥.

점심은 언니랑 먹는다는 것 같으니까, 밤에는 집에 돌아올 것이다.

두 끼 연속으로 외식할 수 있을 정도로 그의 지갑

은 두툼하지 않다.

메뉴는 야채 볶음.

고기가 없기에 그만큼의 기름기는 튜브에 든 중화요리용 맛기름으로 보충한다.

"하암……."

……안 되지, 안 돼. 불을 쓰고 있는데 하품이라니.

사실대로 말하자면, 오빠가 새벽 3시에 잠이 든 걸 알고 있을 정도로 나 역시 수면 부족이었다.

이유는 자기 전에 있었던 그 작은 다툼.

본래라면 물러나야 할 곳에서 물러나지 않고, 말이 지나쳐 버렸다는 자각은 있었다.

오빠의 프라이드에 몹시 상처를 입히고 있다는 자각도.

하지만, 언니에게 그런 전화를 하게 만든 답답한 오빠에게는 필요한 자극이라고 생각해서, 나는 일부러 물러나지 않았다.

얻어맞거나, 밑에 깔릴지도 모른다.

그때의 대처법도 머릿속에는 이미 있었다.

이래 보여도 단련하고 있다. 거친 일은 잘하는 편이다.

그랬을 터였는데——

놀랍게도 오빠 밑에 깔린 순간, 나는 움직일 수 없었다.
몸이 움츠러든 게 아니다.
다름 아닌 나 자신의 감정이다.
얼버무리는 건 불가능하다.
그렇다. 나는 그때, 기대하고 있었다.

지금 저항하지 않으면, 어디까지 가 버리는 걸까. 하고.

"............"

의붓오빠인 사토 히로미치에게 약간의 호의를 품고 있다는 자각은 있었다.

어째서, 라고 하면 구체적인 이유가 떠오르는 건 아니지만, 처음 만난 날에 자기만 편해지려고 하지 말라는 내 쓴소리를 듣고 자신의 뺨을 치며 무리해서 내 이름을 불러 주거나, 자신의 수용 한도가 특별히 큰 것도 아닌데 여동생인 내게 불편을 끼치지 않고자 노력하는 모습이 호의적으로 느껴졌던 게 분명 계기였을 것이다.

내가 장난을 칠 때마다 흠칫흠칫하며 필사적으로 오빠로서 그걸 받아들여 주려고 하는 모습은 몹시 사랑스러웠고, 귀여웠고, 기뻤다.

남매라고 해도 우리는 아직 만난 지 한 달 정도.

나 자신에게도 오빠를 오빠로서 볼 수 있는가 하면 그것 역시 무리가 있다.

이 호의의 위치는 육친이라기보다 타인에 대한 것이다.

정말이지, 쌍둥이라는 건 묘하다고 절실하게 느낀다.

생김새는 물론이고, 좋아하는 헤어스타일이나 샴푸, 거기다 남자 취향까지 비슷하니까 말이다.

하지만, 그렇다고 해서 이 마음이 연애로 이어지는가 하면 그렇지는 않다.

당연하다. 피가 이어지지 않았다고는 해도 오빠는 내 오빠고, 게다가 내 친언니의 연인이니까.

이미 전제조건부터가 연애에 이른다는 건 말도 안 되는 일이다.

도저히 생각할 수 없다.

어제의 그건, 한창 나이대의 호기심과 그 자리의 분위기에 휩쓸렸을 뿐이다.

"저, 어쩌면 욕구불만일까요?"

여하간 이 좁은 생활 공간에서는 자위행위도 마음껏 할 수 없는 노릇이니.

앞으로는 조금 주의해 두자.

……그저 뭐, 기우인 것 같다는 생각도 든다.

어제도 만약 오빠가 그 이상의 무언가에 이르려 했어도, 그때는 내가 제정신을 차렸으리라는 데 의심의 여지는 없다.

왜냐면 나는—, 사랑이니 연애니 하는 게 아주 싫으니까.

바보 같은 일이라고, 분명하게 혐오하고 있다.

한순간의 마음의 망설임으로 우왕좌왕하고, 경우에 따라서는 주위 사람한테까지 민폐를 끼친다.

정말이지 쓸데없는 짓이다.

다른 사람이 그런 걸로 들떠 오르는 건 그 사람들 자유지만, 나 자신이 그 희극의 주역이 될 생각은 추호도 없다.

오빠와는 지금의 관계가 가장 좋다.

그는 이 집 안에서 내 어리광을 들어 준다.

응석 부리게 해준다.

신경 써 준다.

나의 귀여운 오빠로 있어 준다.

그걸로 충분하다.

지금까지도, 앞으로도.

……하지만,

"성가시게도, 이미 그 희극에 말려들었단 말이죠."

야채볶음을 접시에 담으며 푸념했다.

그렇다. 지금 이대로라면 바람직하지 않은 문제도 있다.

언니에 관한 일이다.

천문학적 확률로 시작된 쌍둥이 언니의 연인과의 동거 생활.

이건 뭐라고 해야 할지, 상당히 큰일이다.

둘이서만 동거하는 지금 들키는 건 논외지만, 1년 뒤 부모님이 돌아온 후에도 자기와 똑같이 생긴 사람이 연인과 같은 집에서 생활하고 있다는 관계가 드러나면, 언니는 마음이 편할 수가 없을 것이다.

언니가 주연을 맡은 연애 희극에 파란을 초래하리라는 건 틀림없다.

즉, 나는 무대 뒤에서 연극을 돕는 존재로서 이 무대 장치를 취급하는 데 세심한 주의를 기울여야만 한다.

연애라는 이름의 야단법석 소동에 말려드는 타인은 정말이지 꼴 좋다고 새삼 생각한다.

하지만 새빨간 남이라면 또 모를까, 이건 언니 일이다.

그렇다면 조금은 협력해 주자는 마음은 든다.

왜냐면, 나는 생이별했던 언니를 옛날부터 아주 좋아했으니까.

간식 케이크가 내 쪽이 더 크면 투정을 부린다.
게임에서 내가 계속 이기면 울상을 짓는다.
여러 가지로 손이 많이 가는 언니였지만, 언니에게 큰 케이크를 양보해 주거나 들키지 않도록 일부러 져 줘서 1등을 양보했을 때 언니가 짓는 천진난만한 미소를 보면, 내가 큰 케이크를 먹었을 때나 1등이 되었을 때보다 몇 배나 더 기뻤다.
나는, ……언니가 기뻐하는 얼굴을, 무엇보다도 정말 좋아했다.
그건 지금도 변함없다.

"자, 그럼……."

그러면 그런 언니를 생각하는 여동생으로서, 구체적으로 뭘 할 수 있는가 하는 이야기인데, 실은 나한테는 지금 존재하는 기괴한 인간관계, 그리고 그로 인해 발생하는 미래의 우려를 모조리 해결할 수단이 있다.

그렇다. 그 둔한 오빠는 전혀 깨닫지 못했지만, 이 동거가 낳는 여러 문제는 단 하나의 방법으로, 그야말로 1년씩이나 기다리지 않고 내일부터라도 해결할 수 있는 것이다.

어떻게 해서?

간단한 일이다.

나는 야채볶음이 담긴 그릇과 밥, 그리고 국이 든 식기를 밥상에 늘어놓고 음식 덮개를 씌운 뒤, 그 옆에 귀가가 늦어지니 저녁을 먼저 먹으라는 말을 적은 메모를 올려뒀다.

그러고 나서 스마트폰을 꺼내 어떤 인물에게 연락을 취했다.

"여보세요, 아이자와 씨인가요?"

* * *

오후 두 시.

역 시계 앞에서 기다리고 있자, 그 사람은 시간에 딱 맞춰 왔다.

"야호~! 시구레 쨩~!"

"안녕하세요. 아이자와 씨. 갑자기 불러내서 죄송해요. 폐가 되었을까요?"

"안 그래, 안 그래. 그보다 줄곧 데이트하자고 꼬셨던 건 나니까."

그렇게 말하고는 미백 시술을 받은 이를 드러내며 웃는 아이자와 아키라.

세이운 특진과 제일의 플레이보이.

나한테도 전학 첫날부터 매일같이 데이트 권유를 해 왔었다.

오늘의 그는 평소에 보는 블레이저와는 다른 러프한 복장.

흰 바탕에 프린트가 된 티셔츠와 스키니 청바지로 슬림한 실루엣과 시원한 느낌의 색조를 통한 청량감을 연출. 자칫하면 지나치게 심플해지기 쉬운 전체적인 패션을 목이나 손목에 아니꼽지 않을 정도로만 액세서리를 참으로써 완벽하게 마무리하고 있었다.

……일단 체크무늬 카라 셔츠 입으면 멋있겠지, 같은 느낌인 우리 오빠와는 천지 차이다. 애초에 오빠는 팔찌 같은 건 가지고 있지도 않으니까.

참고로 나도 평소보다는 신경을 쓴 복장이다.

세탁이 번거롭기에 좀처럼 입지 않는 프린세스라인 핑크 원피스에, 여름철이라도 입을 수 있는 가벼운 캐주얼 아우터를 걸치고, 메이크업도 적절하게. 발은 힐이 있는 샌들을 신어 드러내고, 발톱과 손톱에는 엷은 젤 네일을 발랐다.

소위 말하는 청초계 코디.

내 평소 캐릭터라면 이게 제일 느낌이 확 오고, 무엇보다 남자들의 반응도 발군이다.

……뭐, 눈앞의 남자는 말하지 않아도 누구나 아는 섹스 RTA* 플레이어이기에, 여자이기만 하면 그 여자의 패션 같은 건 아무래도 상관없을지도 모르지만.

그렇다고 해도, 청바지를 입고 올 수도 없는 노릇이다.

아무튼 이것도 데이트니까.

"이야~, 진짜 기뻐. 시구레 짱이 먼저 말을 걸어 주다니."

"줄곧 열심히 권해 주셨으니까요. 중간고사도 끝났고, 어떠려나 싶어서요. 아이자와 씨의 예정이 비어 있어서 다행이에요."

"어디 가고 싶은 곳 있어? 없다면 에스코트는 나한테 맡

* Real Time Attack. 게임 등을 클리어하는 데 얼마나 짧은 시간이 걸렸는가를 중요시하는 유형.

겨 줘. 나 이곳 지리 엄청 빠삭하니까."

"그러면 아이자와 씨한테 맡길게요. 저는 아직 이사 온지 얼마 안 되었으니까요."

"아싸! 그럼 우선 버블티 마시러 갈까! 괜찮은 가게가 근처에 있어."

아이자와는 그렇게 말하고는 실로 자연스러운 동작으로 내 손을 잡고 걷기 시작했다.

그렇게 하는 것이 당연하다는 듯한, 혐오감을 앞질러 버리는 스마트한 면모는 역시나 익숙한 모양새다.

손을 잡는 데 한 달이나 걸렸다는 듯한 그 두 사람과는 천지 차이네.

……자, 그렇게 나는 아이자와와 데이트를 하게 되었지만, 이건 내가 아이자와한테 마음이 있으니까, 라는 이유는 물론 아니다.

이게 바로 나와 언니, 그리고 오빠 사이에 존재하는 커다란 문제를 순식간에 해결하는 수단이기 때문이다.

다시 말해, 내가 남자친구를 만드는 것.

내게 남자친구가 있으면 언니가 받을 충격은 대폭 완화

된다.

그야말로 내일 들통난다고 하더라도, 충격의 강도는 상당히 변할 것이다.

연애 같은 시시한 일 때문에 자매나 남매 사이에 균열이 생길 일도 없어진다.

그렇다면…… 역시 이게 최선이다.

오빠에게도, 언니에게도, 그리고 두 사람 사이에 끼어 있는 내게도.

이 방법이 제일 무난하다.

상대로 아이자와를 고른 건, 이 남자라면 이용해도 이쪽 역시 죄악감이 없기 때문이다.

전혀 연애 감정 없이, 가령 근육 군 같은 사람을 남자친구로 삼는 건 매우 마음이 아프다.

내게도 양심이라는 건 있다.

넘어서는 안 될 일선은 분별하고 있다고 생각한다.

게다가 거짓된 연애 감정으로 성립하는 관계는 언제 무너질지 알 수 없다.

못해도 1년은 관계가 지속되지 않으면 이쪽으로서도 곤란하다.

한편으로 아이자와는 몸만 허락해 두면, 이쪽의 거짓말에도 말을 맞춰 줄 것이다.

이쪽도 여자관계를 타박할 생각은 없기에, 이 관계는 타성으로 유지할 수 있다.

언니와 오빠를 위한 거짓말을 하는 데 있어서, 아이자와만큼 안성맞춤인 남자는 없다.

“여기, 타피오카 펄 무료로 증량해 준단 말이지. 사장님 최고~.”

“남자도 버블티 좋아하는 사람이 있군요.”

“좋아하지, 좋아해. 엄청 좋아한다고. 나, 하루에 한 끼는 버블티를 마시는 걸로 정해 뒀으니까.”

뇌의 바깥 부분밖에 쓰지 않은 듯한 농담을 들으며, 나는 말차 카페오레, 아이자와는 밀크 버블티를 각자 주문하여 카페테라스로 갔다.

우선은 여자한테 정석인 장소. 실패할 수 없는 선택이다.

뭐……, 나는 싫어하지만. 버블티.

아니, 버블티가 싫은 건 아니지만, 이 비즈니스 모델이 싫다.

아무래도 집이 가난하다 보니 원가율이 극단적으로 낮은 것을 먹으면 잇몸이 근질근질한 것이다.

"그건 그렇다 치고 사복 차림 시구레 쨩 신선한데~. 좋은 집 아가씨 같아서, 청초한 시구레 쨩한테 엄청 잘 어울려."

"아하. 과대평가예요~. 저 이래 보여도 꽤 짓궂답니다?"

"끝내주는데. 심술궂은 시구레 쨩 보고 싶어~. 그 팔찌도 귀엽잖아. 가격 제법 비싼 거 아니야?"

"아뇨, 이건 노점에서 산 저렴한 거예요."

"진짜? 시구레 쨩 트레저헌터야? 다음에 내 액세서리도 같이 골라주라."

"아이자와 씨의 목걸이 끝부분도 재미있는 형태네요. 그거, 볼트인가요?"

"응. 내 머릿속 나사. 요전에 떨어뜨리는 바람에 안 잃어버리도록 이렇게 하고 있어. 이거 떨어뜨리지 않았다면 중간고사도 좀 더 위를 노려볼 수 있었을 텐데 말이지~."

"싫다~. 아하하."

둘이서 자리에 앉아 잡담을 나눈다.

아이자와가 적극적으로 화제로 삼은 것이 내 사복이다.

같은 학교에 다니는 학생 사이에서 공통적인 화제라고 하면 학교 화제 등도 있지만, 이건 데이트에서 이야기할 내용으로서는 그다지 바람직하지 않은 선택이다.

여하간 학교 화제는 이야기하고 있으면 즐거운 것일 뿐, 기쁜 내용은 아니다.

하지만 패션을 칭찬받거나, 패션에 관한 자신만의 기준을 이야기하고 동의를 받으면 기쁘다.

이 둘은 비슷한 것 같으면서도 전혀 다른 감정이다.

즐거움은 우정으로, 기쁨은 애정으로 변화하기 쉽다.

이걸 이해하지 않고 즐거움만을 추구하면 서로 마음을 터놓고 지내는데도 거리가 좀처럼 줄어들지 않는, 그런 그다지 좋지 않은 교착 상태를 발생시키게 된다.

역시나 이 헌팅남은 감정의 성질을 잘 이해하고 있다.

그리고 유머를 중간중간 끼워 넣으면서 끊기지 않게, 그러나 지치지도 않는 잡담이 20분 정도 경과 했을 때,

"어라? 아이잖아. 또 여자랑 버블티 마시고 있냐, 너."

"살찔 거야~. 마시는 카츠동이니까, 그거."

우리가 있는 테이블에 남녀 4명으로 된 그룹이 가까이 다가왔다.

EDM 같은 거 엄청 좋아할 것 같았다.

겉모습을 얼핏 보았을 때 그런 인상이 느껴진 그들은 아이자와한테 친근하게 말을 걸며 내 쪽을 살폈다.

"아~. 아이 쨩 또 새 여자애 데리고 있어~."

"정말이네. 진짜 여자 갈아치우는 거 너무 빠른 거 아니

야?"

"인기 있는 건지 없는 건지 알 수 없는 녀석이라니까, 아이는."

"잠깐, 너희들 왜 여기 있는 건데. 그보다 미오, 새 여자라든가 그런 말 하지 말라고."

"……이 사람들은 아이자와 씨 친구인가요?"

"아아, 미안해. 시구레 쨩. 성가신 녀석들한테 들켜 버려서. 이것들 나랑 같은 중학교 친구야. 다들 바보니까 세이운에 못 왔거든. 바보 취급해도 돼."

"아, 너무해~."

"시구레 쨩이라고 하는구나? 지금 한 말 들었어? 이 자식 지독한 놈이니까 가까이 하지 않는 게 좋아."

"아니, 그러니까 좀 그—만—하—라—고."

아무래도 데이트 중에 아는 사람과 조우하고 만 모양이다.

아이자와는 난처한 얼굴로 네 사람을 쫓아내려 했지만, 네 사람은 재미있는 장난감을 발견했다는 듯이 떠나려 하지 않았다.

이윽고 아이자와가 포기한 것처럼, 이렇게 되면 여섯 명이서 놀러 가자고 내게 제안했다.

딱히 아이자와와 둘만의 데이트에 집착할 이유도 없기

에, 나는 이를 승낙했다.

우왕좌왕하며 준비를 끝낸 뒤, 우리 여섯 명은 가까운 놀이 시설에서 볼링을 치게 되었다.

"꺄~! 시구레 쨩 엄청 잘해~! 또 스트라이크잖아!"

"예~이! 하이터치 하자, 하이터치!"

"왠지 폼이 깔끔하네. 시구레 쨩 말이야, 무슨 운동 같은 거 했었어? 좀 보통이 아닌 거 같아."

"네, 초등학교 3학년 때부터 이쪽으로 이사 올 때까지 풀 콘택트 공수도를."

"격투기?! 의외다~! 겉보기에는 엄청 아가씨 같은 느낌인데~."

"아이 말이야, 싸우면 지는 거 아니냐?"

"아니아니, 그건 아니지. 보라고, 나도 복근 갈라져 있고?"

"허세용 근육이잖냐. 넌 근육 트레이닝만 하고 스포츠 안 하잖아. 그런 걸로 격투기 경험자한테 이길 수 있을 리가 없지."

일동은 같이 있으면 피로감을 느낄 정도로 들떠 오른 분위기라, 시도 때도 없이 야단법석이다. 스트라이크 같은 걸 땄다 하면 축제라도 열린 것처럼 시끌벅적해진다.

뭐가 그렇게나 즐거운지 이해할 수 없다.

인생에 그렇게 펄쩍 뛰며 기뻐할 만한 일 같은 게 몇 개나 있을까.

하지만 그들은 나의 그런 당혹감은 아랑곳하지 않고, 들떠 오른 분위기의 중심에 날 두려고 한다.

여자 둘은 적극적으로 내게 착 달라붙어 이것저것 화제를 던지고, 남자 둘은 조금 떨어진 위치에서 쓸데없이 오버하는 반응으로 분위기를 띄우며, 아이자와는 모르는 사람들 뿐인 그룹에 들어와 마음이 불안할(터인) 내 옆에 붙어서, 압력이 강한 여자들로부터 기사처럼 날 지키며 이 그룹의 분위기에 녹아들 수 있도록 배려해 주고 있다.

그 완벽한 포메이션을 보고, 생각한다.

이건 아마 미리 짜놓은 판이라고.

카페에서의 만남은 우연이 아니라, 아이자와가 원래부터 불러낸 거겠지.

혹은, 본래 오늘은 그들 5명이서 놀 예정을 변경한 것이든가.

만약 미리 짜놓은 판이라고 한다면, 정말이지 숙달된 경지에 이른 접대 태도다.

데이트라고 하면 일대일.

그런 고정관념에 사로잡히는 남자도 많지만, 실은 여자에게 있어 상대의 교우 관계가 얼마나 넓은지 하는 것은 종종 외모 이상으로 중시되는 스테이터스다.

아이자와는 자신이라는 인간뿐만 아니라, 자신이라는 인간을 중심으로 한 세계를 보여주고 있다.

자기와 함께 있으면 이렇게나 즐겁다며, 비일상을 제공해 주고 있다.

나는 그에게 호의를 품고 있지 않으니까 전혀 심금이 울리지 않지만, 그에게 호의를 품고 있는…… 즉, 여자 버릇이 몹시 최악이라는 소문이 도는 사람에게 가까이 다가가는, 모험하고 싶어 하는 여자 입장에서 보면, 아이자와가 자신을 지루한 일상에서 벗어나게 해줄 백마 탄 왕자님으로 보일 것이다.

중간고사 순위는 좋지 않았다고 기억하는데, 일단은 세이운 특진과다.

대학은 그럭저럭 괜찮은 곳에 들어가겠지.

상사에라도 취직하면, 유능한 영업맨이라도 되지 않을까.

"………………."

그런,

정말이지 빈틈없고 약삭빠른 아이자와를 보고 있으면, 나는,

아아, 나는,

……몹시 불쾌한 기분이 든다.

그건 물론 아이자와가 나쁜 것이 아니다.

그는 내가 예상했던 대로, 여자에게 상냥한 남자다.

내게는 더할 나위 없을 정도로 안성맞춤인 남자다.

그 점에 불만은 없다.

단지, ……이 방식을 나는 옛날에 한 번 본 적이 있다.

10년 정도 전에.

어떻게 해도 그걸 떠올리고 만다.

요컨대, ……나와 언니가 생이별하게 된 원인을 만든, 엄마의 불륜 상대 모습을.

* * *

내 엄마와 친아빠는 10살 나이 차이가 나는 부부였다.

엄마는 그라비아 아이돌 출신 배우.

친아빠는 중견 출판사의 편집자…… 였을까.

어디서 두 사람이 알게 되었는지는 모르지만, 두 사람은 엄마가 22살, 아빠가 32살 때 약혼.

엄마는 결혼을 계기로 일을 그만두고 나와 언니 둘을 출산했다.

내 기억 속에 있는 가족 초상화에는 행복하고 단란한 풍경이 그려져 있다.

당시의 나는 그 광경이 영원불변한 것이라고 믿어 의심치 않았다.

하지만…… 지금 생각해 보면 그 결혼은 어울리지 않는 것이었을지도 모른다.

우리가 철이 든 나이가 되어도, 엄마는 빛나는 듯한 젊음과 아름다움을 유지하고 있었다.

그건 어렸을 적 우리의 자랑이기도 했고, 엄마랑 닮았다는 말을 들을 때마다 기뻤었다.

하지만 그런 한편으로 아빠는 특별히 얼굴이 잘생긴 것도 아니고, 사무직인 까닭에 체형도 볼품없었으며 서른 중반을 넘기자 헤어라인도 슬슬 뒤로 후퇴하기 시작하고 있었다.

본인도 그건 신경 쓰고 있었던 듯한 생각이 든다.

언제까지고 아름다운 엄마한테 걸핏하면 열등감을 느끼고 있었을지도 모른다.

아빠는 그런 열등감을 돈으로 메우려 했었는지, 여하튼 죽어라 일만 하고 있었다.

귀가가 늦는 건 물론이고, 날짜가 넘어가지 않으면 집에 돌아오지 않을 때도 많았던 느낌이 든다.

아빠 언제 와?

아빠는 일하시느라 바쁘단다. 우리를 위해 열심히 일해 주고 계시는 거야.

아빠가 없는 식탁에서 주고받은 대화가 기억에 강하게 남아 있는 건, 그만큼 몇 번이나 반복되었기 때문일 것이다.

그리고…… 아빠가 없는 시간이 늘어남에 따라 대신해서 우리 가족 앞에 빈번하게 나타나게 된 사람이, —타카오 타카시라는 남자였다.

흐음, 너희가 하루카 쨩이랑 시구레 쨩이구나. 둘 다 엄마랑 닮아 미인인데.

타카오 타카시.

지금도 드라마 등에서 자주 보이는 실력파 배우.

그 사람과 우리 자매가 처음으로 만나게 된 건, 확실히 엄마의 현역 시절 친구가 주최한 바베큐 파티에서였다.

아빠가 집에 오지 않는 주말.

우리는 엄마 손에 이끌려 그 파티에 참가했고, 엄마로부터 그 사람을 소개받았다.

당시의 타카오는 막 스무 살이 된 참이었든가 되기 전이었든가, 아무튼 그 정도였다.

중성적인 이목구비에 잘 관리된 피부.

부드러운 인상을 주는 빨간빛이 감도는 댄디컷 헤어와 세련된 느낌의 피어스.

스킨케어나 네일케어도 빈틈이 없어서, 이렇게나 아름다운 남자가 있구나 하고 첫인상에 느꼈던 걸 잘 기억하고 있다.

태도도 겉모습에서 느끼는 인상과 다를 게 없이 부드러워서, 언니는 그 사람을 잘 따랐었다.

하지만 나는 처음 만났던 때부터 그 사람이 마음에 들지 않았다.

좋아할 수 없었다.

어린애 나름대로, 엄마와 타카오의 거리에 위화감을 느끼고 있었던 것일지도 모른다.

그 위화감은 타카오가 집에 눌러앉게 되고 나서부터 차츰 강해졌다.

그 사람과 마주하고 있을 때, 그렇게나 우리를 소중히 여겨 주었던 엄마의 눈에 우리의 존재는 비치고 있지 않았다.

……물론, 이런 대담한 밀회는 오래 이어지지 않는다.

엄마의 불륜은 머잖아 아빠도 알게 되었다.

하지만 아빠와 엄마가 말다툼을 한 기억은 그다지 없다.

어쩌면 아빠는 엄마에게 너무 열등감을 느낀 나머지, 진심으로 화내지도 못하게 되었던 것 아닐까.

만약 그때, 아빠가 자신의 감정을 제대로 드러내고, 폭력을 휘둘러서라도 엄마를 타일렀더라면 좀 더 다른 결말이 기다리고 있지 않았을까.

그걸 기대했기 때문에, 엄마도 숨기려 하지 않고 밀회를 반복했던 건 아닐까.

……지금이니까 드는 생각은 이것저것 있다.

하지만 모든 건 이미 지나간 과거의 일이다.

이제와서 새삼 확인할 방도도 없다.

결과적으로 두 사람은 이혼.

불변이라 믿어 의심치 않았던 가족은 깨지고, 나는 엄마와, 언니는 아빠와 따로따로 살게 되었다.

물론 그 뒤에 엄마는 불륜 상대인 타카오에게 의지했지만, ──지극히 당연하게도, 아이가 둘이나 있는 유부녀를 상대로 불륜을 행하는 남자가 제대로 된 인간일 리가 없다.

넌 유부녀라서 내가 불타올랐던 거야. 이혼했다면 단순히 혹 딸린 아줌마잖아. 주제를 파악하라고.

타카오가 마지막에 엄마한테 내뱉고 간 대사다.

나는 며칠이나 흐느껴 우는 엄마를 몹시 식은 기분으로 쳐다보고 있었다.

가족을 망가뜨리고, 나와 언니를 떨어뜨려 놓고, 주위를 잔뜩 뒤흔들어 댄 결과가 이건가 하고.

정말이지, 어쩜 이리도 어리석은 행위인가 하고.

그 이후로 나는 사랑이니 연애니 하는, 소녀들이 품기 쉬운 환상을 일절 품지 않게 되었다.

그건 지금도 변함없다.

바꾸려고도 생각지 않는다.

그런 희극의 주역이 된다니, 난 딱 질색이다.

* * *

"아~, 재밌었다~."

"시구레 쨩 진짜 압도적이었지~."
"설마 내가 볼링으로 질 줄이야—. 분한데!"
"하핫. 아이는 여자애랑 하는 스포츠만큼은 쓸데없이 강한데 말이지."

볼링을 끝낸 뒤 우리는 놀이 시설에서 나와 역으로 이어지는 육교를 걸었다.
시각은 저녁 7시.
하지가 가까워져 길어진 해가 꼬리를 끌며 저녁놀 속에서 검붉게 불타고 있다.
곧 밤의 장막이 내려올 것이다.
하지만, 물론 그들 같은 인종이 어두워졌으니 해산, 이라고 할 리는 없다.
당연히 화제는 밤에 어떻게 놀지로 흘러갔다.

"저기저기, 이제 어떻게 할래?"
"어쩌고 자시고, 토요일 밤은 당연히 이거지!"
""""그거다—!""""

나중에 온 남자 중 한 명이 무언가를 단숨에 마시는 듯한 몸짓을 보이자, 모두가 호들갑스럽게 동의했다.
물론 버블티가 아니다.

……하지만, 그 행위에 어울리는 건 조금 사절이다.

당연하다고 하면 당연하지만, 술은 마신 적이 없다.

술을 마신 자신이 어떻게 될지 모르는 채, 타인 앞에서 술을 마시는 것은 싫다.

민폐를 끼친다든가 그런 게 아니라, 빈틈을 보이는 게 싫은 것이다.

서로 연대하여 나라는 사냥감을 잡으러 온 그들의 의도는, 이대로 자신들의 커뮤니티 속으로 날 끌어들여 술을 먹인 뒤 취하게 만들면 그 뒤는 어떻게든 된다는 꿍꿍이일 것이다.

그건 나이에 걸맞은 부끄러움을 지닌 소녀를 손쉽게 함락시킬 수 있는 수단일지도 모른다. 하지만,

"그럼 다 같이 편의점 들렀다가 마사네 집 가자고. 시구레 쨩도 올 거지?"

이번의 경우, 내 쪽이 처음부터 그럴 생각으로 온 것이다.

그렇다면 일부러 쓸데없이 뇌세포를 사멸시키는 순서를 거칠 이유는 없다.

……이미 아이자와를 좋아하는 이유를 댈 수 있을 정도

의 이벤트는 완료했다.

슬슬 적당한 때다.

얼른 아이자와만을 데리고 나가자.

이쪽이 권하면, 저쪽도 쓸데없는 행위를 생략할 수 있으니 거절하지는 않을 터다.

그렇게 생각한 나는 아이자와 쪽을 보고 빙글 돌아서서,

"저기, 아이자────────────어,"

그 순간,

뒤돌아보던 중 불현듯 시야를 스쳐 간 육교 밑 공원의 광경에,

나는 벼락을 맞은 듯한 강한 충격을 느꼈다.

기우뚱, 하고 시야가 기울어졌고,

심장이 미친 듯이 경종을 울리기 시작했다.

마치 사우나에 있기라도 한 것처럼 전신에서 땀이 솟아 나왔고, 그런데도 몸은 한가운데서부터 차갑게 식어 덜덜 떨리기 시작한다.

기분, 나빠…….

나도 모르게 입가를 손으로 눌렀다.

마치 내장이 전부 뒤집힌 것만 같다.

배 속에서 위액을 몇 배나 진하게 만든 것이 부글부글 끓어오르고 있다.

그것이 당장에라도 입에서 튀어나올 것만 같다.

하지만,

어째서, 이거,

나, 왜, 이런, 이런———, 읏,

"응? 왜 그래. 자, 시구레 쨩. 같이 가자! 우린 이제 친구잖아?"

"………………."

"시구레 쨩? 어딜 보고 있어?"

"……죄송해요. 저, 몸이 좀 안 좋은 것 같으니까, 그만 집에 가볼게요."

"뭐어~?! 시구 냥 조금 전까지 기운 넘쳤잖아!"

"그래그래. 하이스코어 걸. 그건 좀 아니지—."

"괜찮아, 괜찮아. 그렇게 센 건 안 마실 테니까."

"맞아맞아. 밤은 이제부터가 시작인데~."

"—너희들, 그만해."

탐탁지 않아 하는 친구들을 타이른 건 아이자와였다.

"확실히 안색이 그다지 좋지 않으니까, 억지로 강요하지는 마. ……그래도 그렇게 몸이 안 좋다면 전철에 타는 것도 힘들겠네, 시구레 쨩. 여기 근처에 느긋하게 휴식할 수 있는 곳을 아니까, 거기서 쉬고 가자."

아이자와는 그렇게 말하고는 내 어깨에 손을 둘렀다.

예정대로 가지 않는다면 억지로라도 밀어붙이겠다는 것이다.

……나는 사랑이니 연애니 하는 것에 흥미가 없다.

이 세상에서 가장 하찮으며, 혐오해야 하는 것이라고 생각한다.

그러니 물론 나 자신의 순결에도 집착하지 않는다.

어차피 어딘가의 누군가로 언젠가는 버릴 물건.

그렇다면 상대가 누구인지 같은 건 그리 중요한 문제가 아니다.

그것이 설령 최악의 여자 버릇으로 유명한 남자라 할지라도.

그렇게 *생각하고* 있었다.

아아, 그런데도, 지금은――

이 자식의 숨결이 내 머리카락에 닿고 있는 것이,
이 자식의 손가락이 내 몸을 만지고 있다는 사실이,
이 자식의 천박한 욕망이 내 몸에 향해 있다는 점이,

이 자식의 모든 것이, ———역겨워서 견딜 수가 없다.

"그럼 가자. 괜찮아. 내가 상냥하게 보살펴 줄 테니까. 응?"
"…………가겠, 다고, ………………잖아."
"어? 뭐라고? 잘 안 들리네~."

어깨를 감싼 손에 힘이 꽉 들어간다.
손톱이 파고든다.
놓치지 않겠다는 주장.
그 순간에는 이미 몸이 움직이고 있었다.
몸을 웅크려 아이자와의 손을 떼어내고, 그 자세에서 그대로 몸을 옆으로 회전.
지면을 아슬아슬하게 걷어찰 듯한 수평 차기로 아이자와의 다리를 후렸다.
아이자와의 몸이 지면을 향해 넘어진다.
그것과 교대하는 것처럼 나는 무릎을 올려 발뒤꿈치를 높이 치켜든 뒤, 그가 하늘을 보고 쓰러진 직후 그의 얼굴

바로 옆에 치켜들었던 발뒤꿈치를 쾅 내려찍었다.

위력을 다 받아낼 수 없었던 샌들 힐이 아이자와의 얼굴 바로 옆에서 부러졌다.

갑작스러운 폭력에 아연해하는 아이자와를 향해, 나는 고함쳤다.

"집에 가겠다고 하잖아!!!!"

그들은, 쫓아오지 않았다.

* * *

시구레의 일갈을 받고, 얼어붙은 그 자리의 분위기.

그게 겨우 녹아내린 것은 멀어져 가는 그녀의 뒷모습이 작아지기 시작하고 나서였다.

귀가 도중인 샐러리맨이나 역 앞 입시학원의 학생들이 술렁거리는 가운데, 아이자와의 친구들은 쓰러진 아이자와 곁으로 모였다.

"야, 야야. 괜찮냐, 아이."

"무서워라~. 뭐야 저 애. 갑자기 빡 돌아서는. 전혀 아가씨 아니잖아."

"아이자와, 어쩔까. 지금이라도 쫓아갈까?"
"오? 납치하는 거야? 납치해버리는 거야?"

하지만 이에 아이자와는 고개를 가로저었다.

"아니, 됐어. 원래부터 뭔가 느낌 영 별로였고. ……게다가."
"게다가?"
"뭔가, 조금………… 기분 좋았어."
""""엑.""""

옛날부터, 언니의 천진난만한 미소를 정말 좋아했다.

나의 커다란 케이크를 줬을 때,

봐줘서 1등을 양보해 줬을 때,

언니가 보여주는 미소는 내가 큰 케이크를 먹었을 때나, 1등을 했을 때보다 몇 배나 날 행복하게 만들어 줬으니까.

나는 그걸, 지키고 싶다.

그러니 남자친구를 만든다.

그렇게 하면 자신과 오빠의 관계가 드러났을 때 언니가 받을 충격을 완화할 수 있다.

지금 구축된 인간관계를, 필요 이상으로 위협하지 않고 그친다.

멋진 아이디어다.

나와 오빠의 관계도, 나와 언니의 관계도, 중요한 것이다.

연애 같은 한순간의 마음의 망설임으로 돌이킬 수 없는 상처를 입히는 건 너무나도 불합리하다.

내가 취해야 할 선택이 달리 있을 리가 없었다.

불쌍한 것은 사랑을 모르는 나 같은 여자한테 이용당하는 남자친구지만, 이건 속여도 그다지 마음이 아프지 않은, 그러면서도 몸만 이어짐으로써 관계를 지속시킬 수 있는 상대를 골랐다.

그렇기는 해도, 선택한 이상 상대에게는 그에 상응하는 메리트를 돌려줄 생각이었다.

누구 한 명 손해 보지 않고, 불행해지지 않는.

사태를 가장 원만하게 수습하는 방법.

나만이 할 수 있는, 나만이 그 두 사람을 위해 해줄 수 있는 최선의.

그렇다.

알고 있다.

알고 있는 것이다. 그건. 그런데도,

역 앞 공원에서 키스를 하는 오빠와 언니를 본 순간, 내 모든 것이 그 아이디어를 실행하기를 거부했다.

거부해서, 나는 도망쳤다.

스스로에게 맹세했던 것 전부를 내팽개치고.

그러고 나서는…… 뭘 하고 있었는지, 잘 모르겠다.

어딜 어떻게 걸어왔는지, 전철에 탄 건지, 버스에 탄 건지.

아무것도 모르겠다.

깨닫고 보니 어느샌가 내리기 시작한 비를 맞아 흠뻑 젖은 상태로, 오빠와 함께 사는 맨션 앞에 서 있었다.

그동안 내 눈은 아무것도 보고 있지 않았다.

아니, 눈으로 본 것을 뇌가 무엇 하나 인식하고 있지 않았다.

뇌리를 맴도는 것은 그저 답이 나오지 않는 나 자신을 향한 의문.

언니를 위해 남자친구를 만드는 것 아니었나.

그런데도 어째서 아이자와를 따라가지 않은 걸까.

그 자리에서 아이자와를 따라갔으면, 전부 원만하게 해결되었을 텐데.

어째서, 어째서——

나는 대체, 뭘 하고 있는 거지?

나는 대체, ……뭘 하고 싶은 거지?

몇 번이고 거듭되는 답이 나오지 않는 의문에 의식이 혼탁해진다.

의식 속의 혼탁함이 시야에도 내리깔린다.

어두운 시야 속에서 올려다본 우리의 방에는 불이 켜져 있었다.

오빠는 이미 돌아온 듯했다.

……돌아가고 싶지 않다.

지금, 오빠를 향해 평소에 짓는 미소를 보여줄 자신이 없다.

오빠가 기쁘게 키스 한 이야기를 듣고, 내가 어떤 표정을 지을지 무섭다.

"……무서워."

하지만 밖은 이렇게나 비가 내리고 있다. 시간도 벌써 밤 9시.

……달리 돌아갈 장소 따위, 나한테는 없다.

유령 같은 발걸음으로 삭아 가는 철골 계단을 올라갔다.

거기서 자기가 맨발이라는 걸 문득 깨달았다.

아무래도 망가진 샌들은 어딘가에 깜박하고 온 모양이다.

그런 것조차 지금에 이르기까지 알아차리지 못했던 자

신의 꼬락서니에 쓴웃음이 나왔다.

나는 2층으로 올라가 집의 문손잡이에 손을 댔다.

문은 잠겨 있지 않다.

문을 여니, 현관에는 역시나 오빠의 신발이 있었다.

다녀왔다고 말하며 집에 들어갔다.

하지만 대답은 돌아오지 않는다.

나는 젖은 발로 복도에 올라갔다.

찰박, 찰박, 뚝, 뚝.

머리카락에서 떨어지는 물방울과 발자국으로 복도를 더럽히며 거실로 향했다.

그곳에는 벽에 등을 댄 채 잠들어 숨소리를 내는 오빠의 모습이 있었다.

거실 밥상에는 손을 대지 않은 저녁 식사가 있다.

아무래도 저녁을 먹기 전에 잠들어 버리고 만 모양이다.

데이트의 긴장감에서 해방되어 어제의 수면 부족으로 인한 졸음이 단숨에 몰려온 거겠지.

기분 좋게 자고 있다.

즐거운 꿈을 꾸고 있는 거겠지.

눈꺼풀은 부드럽게 감겨 있고, 숨소리는 평온하며, 입가는 칠칠치 못하게 느슨해져 있다.

그 입술 끝에는 내가 쓰는 것과 같은 연분홍색 립스틱 자국이 희미하게 남아 있었다.

"……아핫."

그 순간, 나는 코로 들어온 공기가 박하와 비슷한 청량감으로 머릿속을 꽉 채우는 것을 느꼈다.

머릿속이 상쾌할 정도로 새하얘져서, 그렇게나 날 괴롭히던 의문도 사라졌다.

남은 건 단 하나의 충동.

나는 충동에 휩싸여 다다미가 젖는 것도 아랑곳하지 않고 복도와 거실 사이 문턱을 넘었다.

오빠에게 가까이 다가가며, 나는 자신의 윗입술을 혀로 핥았다.

뒤이어서 아랫입술을 마찬가지로 핥는다.

그렇게 하여 충분히 적신 그것을, ――오빠의 입술에 살며시 갖다 댔다.

"으응……."

힘든 듯이 몸을 살짝 움직이는 오빠의 뺨에 손을 댔다.

메마른 오빠의 입술에 젖은 나의 입술을 대고, 부드럽게 문질렀다.

거기에 남은 언니의 감촉을 자신의 그것으로 덧칠하듯이.

이윽고 입술을 뗀 뒤 언니의 립스틱 자국이 사라진 것을 보고,

"흐으읏------!!!!"

나는 몸을 꿰뚫는 고통마저 느껴질 정도의 강렬한 쾌감에 전율했다.

……아아, 그렇구나.

나는 이때 분명 처음으로 이해한 것이다.

내 가족을 망가뜨렸을 때의 엄마 감정을.

자신이 살아왔던 세계가, 단 한 사람과 그 외의 모든 사람, 그렇게 딱 둘로 나누어지는 감각.

쌓아 왔던 인간관계.

신뢰, 우정, 친애, 자신의 가치관──

눈앞에 있는 단 한 사람과 비교하면 그것들 전부가 하잘것없는 것으로 전락하는.

그런 강렬한── 집착.

이것을 '사랑'이라고 부르는 거겠지.

이날, 나는 태어나서 처음으로 사랑을 알게 되었다.
상대는 자신의 의붓오빠이며, 자기 친언니의 남자친구.
희극이라고 하면 이 이상의 희극도 없다.
한때의 마음의 망설임으로 이런 희극 무대에 좋아서 올라가는 인간은, 정상이 아니다.
그렇게 생각한다. 정말로.

하지만— 그렇다고 하더라도, 나는 알아 버리고 말았다.

육교에서 두 사람이 키스하는 것을 봤을 때.
그 광경을 받아들이지 못하는 자기 자신의 감정을.
그 광경을 받아들일 바에야 전부 다 부서뜨리고 싶어지는 강한 충동을.
그리고 알게 된 이상, 이젠 얼버무릴 수 없다.
더는, 돌아갈 수 없다.

큰 케이크는 양보할 수 있어도,
게임의 1등은 양보할 수 있어도,
이 사랑만큼은, 양보할 수 없다.

* * *

하루카와 키스를 하고 있다.

처음에는 꿈이라고 생각했다.

인생 최고의 하루였던 날의 여운이 보여주는 행복한 꿈.

하지만 곧바로 위화감을 느꼈다.

그 키스가, 입술을 녹여 버릴 정도로 정열적이었기 때문이다.

이런 감촉, 나는 모른다.

모르는 것을 꿈으로 꿀 수 있는 건가?

……아니 이거, 현실 아냐?

"으으으으응?!?!"

당황하여 하루카를 떼어냈다.

——아니, 하루카가 아니다.

지근거리에서는 알 수 없었지만, 눈앞에 있던 건 머리카락도 옷도 흠뻑 젖은 시구레였다.

"……안녕히 주무셨나요, 오빠."

"시, 시구레?! 너, 지금, 지금 무슨, 에에에에엑?!"

"역시나 두 번째쯤 되면 눈을 뜨나요. 저로서는 어느 쪽이든 괜찮지만요.”

두 번째?!
두 번째라고 한 건가, 지금!
아니, 횟수의 문제가 아니다!

“지, 지지지지금, 키스, 키스하고 있었지?! 나한테! 어, 어째서?!”
“키스를 하는 이유 따위, 좋아하니까 말고 다른 게 있을 리 없잖아요. 말했잖아요. 키스는 좋아하는 사람과 하는 거라고.”
“하, 하아?! 조, 좋아한다니, 시구레가 나를?! 아니, 그럴 리가——”
“시끄러워.”

직후, 두 번째, 아니, 세 번째 입맞춤으로 내 입술이 억지로 틀어막혔다.

“시, 시구레, 못된 장난은…….”
“좋아해.”
“그러니까…….”
“좋아해.”

© Sabamizore

"저기, 잠깐——"

"좋아해."

사랑을 한번 고할 때마다 입술이 포개진다.

불타는 것처럼 뜨거운 입술에서 시구레의 열이, 마음이, ——사랑이, 내 안으로 스며들어온다.

그건 마치 독처럼 내 몸을 움직이지 않게 만들었다.

나는 압도당한 것이다.

시구레의 눈동자에 가득 찬, 당장이라도 눈물이 되어 흘러 떨어질 듯한 애정에.

그리고 시구레는 그 눈동자에 나만을 비추고, 나만을 가둬 놓으며 속삭였다.

"좋아해요. 오빠를. 저한테 한껏 상냥하게 대해 주는 오빠를. 언니하고는 계속 사귀는 채라도 딱히 상관없어요. 아뇨, 덧붙여서 말해 두자면 장래 결혼해서 가정을 가져주셔도 돼요. 저는 그런 건 무엇 하나 필요 없어요. 언니를 슬프게 만들고 싶지는 않고, 무엇보다 그런 '겉치레'가 아무런 유대도 되지 못할 정도로 보잘것없는 것임을 잘 알고 있으니까요. 저는 그저, 앞으로의 모든 순간에 당신의 마음속 가장 깊은 곳에 있을 수 있다면 그걸로 충분해요. 그러니까 오빠. ……저와 바람피우지 않으실래요?"

그건 언젠가 들었던 것 같은 말. 하지만,

"이번에는, 농담이 아니에요."

아아…… 알 수 있다. 이런 눈으로 쳐다보면. 이런 키스를 당하면.

시구레가 진심이라는 건, 여심을 모르는 바보 같은 나라도 알 수 있다.

살며시, 내 뺨에 시구레의 손이 닿는다.

몇 번째인지 모를 입맞춤이 천천히 내려온다.

조금 전까지의 탐하는 듯한 키스가 아닌, 부드러운 입맞춤이.

……이때 나는 저항할 수 있었을 터다. 완력으로 시구레를 밀쳐 낼 수 있었을 터다.

하지만, 나는 그러지 못했다.

갑작스러운 일이라 혼란스러웠으니까? 시구레의 너무나도 큰 감정에 압도당했으니까?

알 수 없다.

그저 확실하게 말할 수 있는 것은, 나는 이때 이미 침식당하고 있었다는 것이다.

마치 독기를 품은 것처럼 느껴질 정도로 진하고 달콤한,

——애정이라는 이름의 맹독에.

……그리고 입술이 포개진다.

부드럽고, 뜨거우며, 달콤한 감촉이 사고를 빈틈없이 덧칠해 나간다.

평생 잊지 않겠다고 생각했던 하루카와의 키스 감촉도—— 이젠 떠올릴 수 없다.

그렇게 나는 세상에서 제일 사랑하는 여자친구와 처음으로 키스를 한 날, 여자친구의 여동생과 키스를 했다.

_후기

순애 러브코미디 붐이 왔다! 줄곧 겨울의 시대였던 순애 러브코미디가 최근 활발한 모양이군. 그렇다면 쭉 따뜻하게 품어 왔던 여자친구의 여동생과의 순애 러브코미디를 쓸 수밖에! 뭐? 그건 순애가 아니라고? 아니아니아니아니 아니 무슨 말씀을 하시나. 일반적인 윤리관에 사로잡히지 않을 정도로 강한 사랑. 이렇게까지 순도가 높은 애정이 순애가 아닐 리가 없을 텐데——

라고 말했더니 담당 편집자에게서 맹렬한 반발을 받고 마지못해, 정말로 마지못해 '불순애 러브코미디'를 칭하게 된 『이모키스』 작가 미소라 리쿠입니다. 안녕하세요.

그나저나 좋죠. 자기를 정말 좋아하는 귀여운 연인이 있는데, 연인과 똑같을 정도로 자신을 좋아하는 애한테 대쉬받는 거. 그 여자애들이 절친한 친구라든가 하면 아주 그냥 진짜 최고죠(최악의 발언).

거기에 이르는 갈등이라든가, 그 사실을 알게 된 히로인끼리의 다툼이라든가, 뭐라고 할지, 이 장르의 러브코미디에서만 표현할 수 있는 정서가 잔뜩 있다고 생각합니다.

그중에서도 『이모키스』에서 힘을 넣고 싶은 건 줄거리에도 적혀 있는 '여자친구한테 말할 수 없는 러브코미디'라는 부분으로, 여자친구가 없는 상황에서 여자친구가 아닌, 하지만 여자친구와 똑같은 정도로 귀엽고 자신을 정말 좋아하는 여자애의 살짝 과격한 스킨십이나 달콤한 말에 이성이라든가 도덕이라든가 하는 그런 겉치레가 흐물흐물하게 녹아내려, 안 돼 안 돼 하고 생각하면서도 상대의 애정의 크기나 귀여움에 강하게 저항도 못 하고 질질 타락해 가는…… 그런 과정을 끈적하게 그려나가고 싶다고 생각합니다.

일단 1권으로 인간관계 구축은 끝났습니다. 시구레를 거절하지 못한 시점에서 이 세계선의 히로미치 군은 이미 글렀습니다(웃음). 2권부터는 1권 이상으로 여자친구에게 말할 수 없는 두 사람의 동거 생활을 그려나갈 테니, 즐겨 주셨으면 합니다.

하지만 그 2권도 독자 여러분이 응원해 주셔야 존재할 수 있는 것. 그렇기에 지금 이렇게 본서를 사서 내용을 다 읽고, 후기를 읽어 주시는 독자분들께는 감사의 말밖에 나오지 않습니다. 어떤 작품이든 사서 읽어 주시는 여러분이 있기에 계속해 나갈 수 있는 것입니다. 『이모키스』처럼 왕도에서 벗어난 마니악한 작품은 특히. 정말로 감사합니다. 본서를 읽고 시구레 짱과 함께 타락하고 싶다고 생각해 주신 분은 앞으로도 응원해 주신다면 무척 기쁘겠습니다!

——이상은 감사 인사가 되겠습니다.

사바미조레 선생님. 정말 더할 나위 없을 정도로 딱 들어맞는 표지 그림으로 본작의 얼굴을 장식해 주셔서 감사합니다! 역시 사바미조레 선생님이 그리는 여자애는 입술이 무척 훌륭하군요!

이 기획을 통과시켜 준 GA 편집부와 담당 편집자분도 감사합니다. 순애의 정의에 관해서는 견해가 갈렸습니다만! 앞으로도 잘 부탁드립니다.

그리고 마지막으로 본서를 읽어 주신 독자분들께 최대의 감사를. 그리고 2권 후기에서 또다시 만나 뵐 수 있기를 바라며. 미소라 리쿠였습니다.

여자친구의 여동생과 키스를 했다

초판 1쇄 | 2021년 4월 25일

지은이 미소라 리쿠 | **일러스트** 사바미조레 | **옮긴이** 주승현
펴낸이 서인석 | **펴낸곳** 제우미디어 | **출판등록** 제 3-429호
등록일자 1992년 8월 17일 | **주소** 서울시 마포구 독막로 76-1 한주빌딩 5층
전화 02-3142-6845 | **팩스** 02-3142-0075 | **홈페이지** www.jeumedia.com

ISBN 979-11-6718-001-8
979-11-6718-000-1 (set)
*파본은 구입하신 서점에서 교환해 드립니다.

| **제우미디어 트위터** twitter.com/Jeumedia

만든 사람들
출판사업부 총괄 손대현 | **편집장** 전태준
책임편집 서민성 | **기획** 홍지영, 박건우, 안재욱, 양서경
디자인 총괄 디자인그룹 헌드레드 | **제작, 영업** 김금남, 김용훈, 권혁진